못난 아빠

이제야 철이 드는 못난 아비입니다

유민 아빠 김영오 지음 ㅣ **박태욱** 글꾸밈

부엔리브로

| 차례 |

유민아

유민이는 참 기특한 딸입니다.
그리고 저는 참 못난 아비입니다.
주말에 유민이를 만났다고 해도
세월호가 침몰하지 않는 건 아니었겠죠.
유민이의 죽음을 막을 수는 없었겠죠.
아니죠, 저와 장난치다가 발목이라도 다쳐서
수학 여행을 못 가게 됐다면 죽지는 않았겠죠
부질없는 생각만 해봅니다.
마지막 한 번이라도 더 볼 수 있는 기회를
제 스스로 차버렸습니다.
되돌릴 수 없습니다. 못난 아비입니다.

…… 유민아!

아빠가 마지막 가는 우리 유민이 얼굴도 못 보고……

아빠가 밉지?

또 한 번 우리 유민이한테 평생 씻지 못할 죄를 짓는구나……

유민아,

하늘나라에 가서는 세월호 친구들과 행복하게 살길 바라.

그리고 이젠 무서워하지 마,

사랑하는 엄마 품으로 돌아왔으니까……

아직도 어둡고 깜깜한 물속에서 두려움에 몸부림치는 친구들,

하루빨리 부모님 품으로 돌아올 수 있도록 기도해주자.

아빠가 유민이한테 너무나 미안하구나. 해준 게 없어서……

마지막 가는 우리 유민이한테 아빠 얼굴도 못 보여줘서……

유민아! 대신 아빠가 우리 유민이한테 꼭 꼭 꼭 갈게……

친구들하고 행복하게 살고 있어, 알았지?

아빠가 우리 유민이 제일 사랑하는 거 알지?

사랑해, 유민아.

　　　　　　　　—4월 27일 유민이 발인하던 날, 페이스북 일기에서

팽목항의 기억

일주일이 어떻게 지나갔는지, 벌써 일주일이나 지났다니…… 진도체육관 안에 난민처럼 모여 있는 유가족들의 마음은 참담하기만 합니다. 대책 하나 없이 일주일이란 시간이 잔인하게 흘러가버렸습니다. 아이들의 목숨도 바닷속으로 흘러가고 있겠죠.

다들 말수가 줄어들었습니다. 하긴 무슨 할 말이 있겠습니까. 하루 종일, 밤새도록 시신 인양 소식에만 귀 기울일 뿐입니다. 죽기보다 싫은 일입니다.

거의 먹지도 못하고, 거의 자지도 못한 유가족들은 겨우겨우 버티고 있습니다. 소주 한 잔 털어넣습니다. 진도체육관 내 유가족대책위 사무실에서 이야기를 마치고 밖으로 나갔습니다. 딱히 할 말도 없지만 이야기를 하다 보면 어느새 한밤중이 됩니다.

어디 구겨져 잠이라도 청하고 싶지만 공간은 꽉 찼습니다. 진도체육관 밖에는 몽골텐트로 친 임시 사무실이 있습니다. 아무도 없네요. 들어가 좀 앉아 있다가 그대로 탁자 위에 엎어졌습니다.

얼마나 잤을까. 부스럭대는 소리에 잠이 깼습니다. 텐트를 젖히고 누군가 들어왔습니다. 교복을 입은 여학생입니다. 누구지, 이 시간에?

억지로 눈꺼풀을 올리고 바라보는데 얼굴이 잘 안 보입니다. 그런데 그 여학생이 제 뒤쪽으로 오더니 두 팔로 제 목을 감싸 안는 겁니다. 소스라치게 놀라서 두 팔을 떼어내려고 하는데 제 팔을 움직일 수가 없습니다. 손가락 하나 꼼짝도 못 할 정도로요. 말을 하려고 해도 입술이 떨어지지가 않고요. 목소리조차 나오지 않습니다. 몸부림을 친다고 하지만 마음뿐입니다. 그 여학생은 제 뒤에서 저를 꼭 안은 채 가만히 있고요.

너무 무서웠습니다. 겨우 손가락 하나 움직이니까 눈이 번쩍 떠집니다. 텐트 안엔 여전히 아무도 없습니다. 꿈이었습니다.

꼬맹이 적 말고는 자면서 가위에 눌려본 적이 없습니다. 저는 무서움을 타지 않는 편입니다. 활 쏘는 아산정이 외진 산속에 있습니다. 그곳에 한밤중에 혼자 올라가 활을 쏘기도 하니까요.

그런데 그날 가위에 눌린 겁니다. 갑자기 가슴이 먹먹해져 왔습니다. 뒤숭숭한 마음을 다독이며 진도체육관 안으로 들어갔습니다.

"떵오 씨, 나 팽목항에 가고 싶다."

유민 엄마는 참사 첫날부터 내내 진도체육관에만 있었습니다. 가슴이 덜덜 떨려 팽목항엔 못 갔고요. 그런데 그날따라 팽목항에 가려고 합니다.

유민이었나?

저는 이상한 꿈을 꾸고 유민 엄마는 안 가던 곳에 가자 합니다. 유민이가 엄마, 아빠를 부르나 봅니다. 세월호가 침몰한 지 8일 만입니다.

유민 엄마는 결혼 전부터 저를 '떵오'라고 불렀습니다. 제이름이 영오니까 영을 장난스럽게 부르는 거였죠. 일종의 애칭이었습니다.

이혼을 했어도 유민 엄마와 등지고 살지는 않았습니다. 워낙 경제적으로 곤궁했던 탓에 갈라서긴 했지만 마음마저 떠난 것은 아니었으니까요. 드문드문이었지만 유민 엄마랑 유민이와 유나 다 함께 휴가를 몇 번 가기도 했고요. 진도체육관에서도 붙어 지내다 보니 여느 부부처럼 보였나 봅니다. 유가족들이 제가 이혼했다는 것을 알지 못했으니까요.

진도체육관에서 팽목항은 멉니다. 국도 상으로도 25킬로미터 거리라 차로 40여 분 걸립니다. 사람들이 진도에 와보고서야 진도체육관과 팽목항이 꽤 먼 거리라는 것을 압니다. 대부분 사람들은 팽목항 바로 옆에 진도체육관이 있는 줄 알죠. 하지만 진도체육관은 진도군청에서 가까운 진도 중심가에 있는 반면 팽목항은 진도 남단에 있습니다. 중심가에서 구불구불 길을 따라가야 합니다.

진도에서 진도체육관이 가장 넓고 탁 트인 장소여서 그곳에다 유가족 대기소를 마련했을 겁니다. 이해는 가지만 하루에도 몇 번씩 왕복하기엔 먼 길이었습니다. 충격에 빠지고 경황이 없는 유가족들을 녹초를 만들기에 충분했습니다.

진도에 있는 국립남도국악원이 유가족을 위한 장소로 대기 중이었다는 말도 들려왔습니다. 그곳은 숙박 시설이 잘 갖춰져 있고, 팽목항에서 10킬로미터 떨어진 곳이거든요. 정작 정부 관료와 일부 언론사가 사용했다죠. 나중에 문제가 되니까 급히 뺐다 하고요.

그런 건 별로 묻지도 따지고도 싶지 않습니다. 아이가, 가족이 차디찬 바닷속으로 가라앉고 있는데 숙박이 어쩌니, 시설이 어쩌니…… 그게 무슨 소용이 있다고요. 그런 거 생각할 겨를도, 여유도 없었고 말입니다.

유민 엄마가 덜덜 떨리는 가슴을 쓸어내리며 차에 탔습니다.

저도 심호흡 한 번 하고 차를 몰았습니다. 5분이나 지났을까 문자가 왔습니다.

'언니 찾았대.' 유나였습니다.

아, 유민이가 다녀간 게 맞습니다! 한이 맺혀서 왔던 건지, 떠나기 전에 마지막으로 엄마, 아빠 얼굴 보러 왔던 건지는 모르겠지만요. 잠깐 멈춰 고동치는 심장을 진정시킨 후 부리나케 차를 몰았죠. 팽목항으로 죽어라 달렸습니다.

아이가 발견됐고 죽었다는 게 확인됐습니다. 시신이라도 돌아와준 건 고마운데 아이는 죽었습니다. 이 감정을 어떻게 표현할까요. 그저 눈물만 펑펑 흘립니다. 시신검안소는 팽목항 부근에 있습니다.

그곳에서 두 시간여 기다렸습니다. 세월호가 침몰한 현장, 사고 해역에서 오려면 그 정도의 시간이 걸립니다. 참 먼 바다입니다. 아무 말 없이 기다리기만 했습니다. 극도의 초조함에 온몸이 타들어가고 말라붙는 것만 같았죠. 너무도 긴 시간이었습니다.

처음 팽목항에 도착하던 날이 떠오릅니다.

충남 아산시의 회사에서 야근을 마치고, 아산정에서 활을
쏘고 집에 가는 길에 유민 엄마한테 전화를 받았습니다.

"유민이가 타고 가던 배가 침몰했는데 전원 다 구조됐대. 지
금 유민이 데리러 진도 가고 있어."

"유민이가 왜 배를 타?"

"수학여행 갔잖아."

"수학여행?"

아, 그래서 지난주에 만나자고 했구나. 주말에 만나자고 약
속을 잡았는데 제가 깼습니다. 토요일과 일요일에 특근이 잡
혔거든요. 저는 돈을 모아야 했기 때문에 주말엔 거의 야근을
했습니다. 그날도 유민이한테 다음에 만나자고 했더니 알았다
고만 하더라고요.

수학여행 간다는 말은 입도 벙긋 안 했고요. 주말에 만났어
도 안 했을 녀석입니다. 수학여행 간다는 것을 알았다면 제가
어떻게든 용돈을 보냈겠죠. 그럴까 봐 말을 안 했던 것입니다.
유민이는 자기 용돈을 모아서 수학여행 경비를 마련했습니다.
부모가 어려우니까 부담 주는 게 싫어서 자기가 다 알아서 한
것입니다. 유민이는 참 기특한 딸입니다. 그리고 저는 참 못난

아비입니다.

주말에 유민이를 만났다고 해도 세월호가 침몰하지 않는 건 아니었겠죠. 유민이의 죽음을 막을 수는 없었겠죠.

아니죠, 저와 장난치다가 발목이라도 다쳐서 수학여행을 못 가게 됐다면 죽지는 않았겠죠.

부질없는 생각만 해봅니다. 마지막 한 번이라도 더 볼 수 있는 기회를 제 스스로 차버렸습니다. 되돌릴 수 없습니다. 못난 아비입니다.

전원 구조됐다는 말에 일단 안심을 하고 집에 들어가서 잠을 청했습니다. 저녁에 또 야근이 잡혀 있었으니까요. 그렇지만 잠이 오지 않았죠. 전원 구조됐다지만 명단에 유민이 이름이 나오지 않으니까 자꾸 불안해지는 겁니다.

속이 타서 TV 뉴스를 이리저리 돌려보는데 좀 이상했습니다. 시신이 한 구 발견됐다는데 방송사마다 나이가 다 다르더라고요. 그래서 진도 상황실에도 전화를 해보고, 학교에도 전화를 했지만 좀체 전화가 안 되는 겁니다. 가까스로 통화를 해도 구조 상황에 대해서 아는 바가 없다 하고요. 그러다 오후 4시경에 방송에서 사망자 명단이 나오기 시작하는 겁니다.

'아! 뭔가 아주 단단히 잘못되고 있구나.'

더 이상 지켜볼 이유가 없었죠. 짐을 싸 들고 팽목항으로 출발했습니다. 정신없이 달리다가 유민 엄마한테 전화를 걸었습니다. 통곡을 하면서 전화를 받더군요. 유민이가 생존자 명단에 없고, 실종자 명단에 있다면서요. 군산 근처였을 겁니다.

눈물이 마구 쏟아지는데 주체를 못 하겠더라고요. 흔한 노래 가사처럼 눈물이 앞을 가려서 운전이 힘들었습니다. 갓길에 차를 세우고 한참을 진정하고 나서 다시 출발했습니다. 나한테는 안 생길 줄 알았던 일이 눈앞에 벌어진 것입니다. 목포 가는 길이 멀고도 멀었습니다.

밤 11시가 다 되어서야 도착한 팽목항은 아비규환이었습니다. 몰려든 가족들은 제정신이 아니었습니다. 아이를 부르고, 아빠를 부르고, 연인을 부르는 소리가 팽목항에 갈기갈기 퍼져 나갔습니다. 가족들이 울부짖는 소리가 바다 멀리 흩어집니다.

가족들은 극심한 두려움에 떨다가 배가 항구에 들어오면 우르르 몰려갑니다. 허탕입니다. 어떤 배든, 배가 들어올 때마다 그러기를 반복합니다. 구조용 배인 거 같은데 들어왔다가 장비를 싣더니 아무 말 없이 다시 나갑니다. 사람들이 물어봐도 묵묵부답이었습니다.

생존자가 있는지, 실종자는 몇 명인지, 구조는 진행 중인지 아무도 상황을 설명해주는 사람이 없었고, 어디 가야 설명을

들을 수 있는지도 알 수 없었습니다.

진도체육관도 똑같은 상황이었습니다. 밤새 바다만 바라봤습니다. 배들이 기쁜 소식을 싣고 들어오기만을 기다렸습니다.

유민이는 살아 있을 것이라고 주문처럼 주절거렸죠. 일반 어선도 구조에 나섰다는 이야기를 듣고 유민이는 어디 섬에 있을 것이라고만 생각했습니다.

절대 배 안엔 없을 거야. 아침이면 '아빠, 나 추워' 하면서 유민이가 나타날 거야. 그런 희망으로, 그런 믿음으로 기다리고 또 기다렸습니다. 담요 하나 들고 말입니다. 날씨는 매우 추웠고, 유민이가 물에 젖은 채 구조되겠다 싶으니까요. 팽목항엔 이미 많은 자원봉사자분들이 나와서 유가족을 도와주고 있었습니다. 그분들이 담요도 나눠줬습니다.

그러나 일부 가족들이 정부가 제공한 배를 타고 현장에 다녀와서 하는 말은 절망적이었습니다. 구조는 안 하고 배 주위를 빙빙 돌고만 있다, 배는 이미 다 기울었는데 구조할 기미도 안 보인다.

애가 타서 저도 몇몇 가족과 함께 일반 어선을 빌려 현장으로 가봤습니다. 참담하고 황망했습니다. 가는 길이 너무 험했고, 현장은 너무 추웠습니다. 너울도 심하고 물살이 매우 찼습니다. 그럼에도 구조 활동은 전혀 이루어지지 않고요. 살기 힘들겠구나, 탄식이 쏟아졌습니다.

그렇게 하루, 그렇게 이틀, 그렇게 사흘이 흘러갔습니다.

전 국민이 TV로 봤듯이 3일이 그렇게 허공으로 날아갔습니다. 아무것도 안 한 채 말입니다. 그리고 304명이 도움의 손길 한 번 받아보지 못하고 죽어갔습니다.

마침내 유민이가 도착했습니다.

유민 엄마와 함께 시신검안소로 들어갔습니다. 한눈에도 유민이입니다. 얼굴도 유민이, 몸도 유민이였습니다. 절친과 함께한 팔찌도 유민이 것이었고, 오른손 가운뎃손가락의 점을 보더라도, 오른쪽 발목에 상처 자국만 보더라도 유민이였습니다. 무엇보다 학생증이 목걸이처럼 걸려 있었고 명찰까지 꽂혀 있었으니 그것만으로도 확인이 가능했습니다. 그러나 하루를 더 기다려야 했죠. 이전에 몇몇 시신을 잘못 확인하는 바람에 소동이 있었죠. 확실히 하려고 DNA 검사를 해야 했습니다.

유민이 볼살이 홀쭉히 빠졌더라고요. 통통했었는데요. 왜 빠졌을까, 에어포켓이란 곳에 며칠이라도 살아 있던 게 아닐까, 살려고 버둥대다 살이 빠진 건 아닌가. 별생각이 다 들었습니다. 8일 동안 아사리 판과 다를 게 없는 정부 하는 꼴을 봤더니 온갖 추측과 의심이 난무하는 까닭을 알 것만 같습니다.

다음 날 저 혼자 시신검안소에 갔습니다. 유민 엄마는 도저히 못 가겠다고 울기만 합니다. 최종적으로 유민이를 확인하고 소지품을 건네받았습니다. 학생증과 팔찌, 명찰 그리고 휴대폰과 용돈 6만 원도 있었습니다. 그것들을 보고 주저앉았습니다. 눈물이 하염없이 쏟아졌습니다. 만 원짜리 여섯 장을 보고는 너무 가슴이 아파서 엉엉 울고 말았습니다. 그 만 원짜리에 유민이의 모든 게 들어 있었습니다. 유민이가 어떤 아이인지, 유민이가 어떻게 살았는지 말입니다.

미안하다, 미안하다, 미안하다, 미안하다, 미안하다…….

다 내 탓이다, 다 내 탓이다, 다 내 탓이다, 다 내 탓이다…….

아무것도 해준 게 없구나, 아무것도 해준 게 없구나, 아무것도 해준 게 없구나…….

유민이가 가져온 만 원짜리 여섯 장엔 참으로 못난 아비가 들어 있었습니다. 저 말입니다. 그중 한 장을 제 지갑에 넣어가지고 다닙니다. 지금도 그 만 원짜리를 보면 눈물부터 쏟아집니다. 평생 지니고 다닐 겁니다. 제 삶의 나침반입니다.

/

유가족의 행진

진도와 육지를 잇는 진도대교는 우리나라 최초의 사장교라고 합니다. 동이 터 오르고 새벽 어스름이 가시면서 다리 양쪽 끝에 우뚝 솟은 네 개의 거대한 A자형 탑이 어렴풋하게 보입니다. 탑들이 초대형 케이블들을 꽉 움켜쥔 채 팽팽하게 당겨서 다리는 굳건하게 버팁니다. 진도대교 앞을 막아선 경찰들도 굳건합니다. 수백 명의 경찰이 70여 명 유가족을 에워싸고 꼼짝 못 하게 합니다. 몸싸움도 해보지만 거대한 벽을 손가락으로 누르는 꼴입니다.

도대체 왜 유가족을 막는지 모르겠습니다. 우리가 걸어서라도 청와대 가겠다, 제발 우리 아이들을, 우리 가족들을 구해달라고 대통령께 빌러 가겠다고 하니까 막는군요. 진도체육관에서부터 막는 것을 겨우 뚫고 나왔더니 진도대교 앞에선 벽을 쌓았습니다. 아예 진도에서 못 나가게 하려나 봅니다.

진도대교 아래가 울돌목 해협입니다. 그 유명한 명량대첩이 벌어진 바로 그곳이죠. 이순신 장군님은 백척간두에 서서 풍전등화에 놓인 백성과 나라를 구하셨죠. 그런데 지금 그곳은 경찰이 국민을 막고 있습니다. 억울하게 아버지를 잃고, 어머니를 잃고, 배우자를 잃고, 연인을 잃고, 자식을 잃은 유가족들을 말입니다.

세월호 참사가 일어나고 5일 동안 유가족들은 섬 안의 섬이나 다름없었습니다. 진도체육관에 고립됐다고나 할까요. 정부는 참사 첫날부터 도무지 갈피를 못 잡고 허둥지둥하기만 했고, 대통령이 다녀간 이후에도 달라지지 않았습니다. 총리와 장관이 와 있어도 그들 입에선 해결 방안을 찾고 있다는 말만 되풀이됐습니다. 고장 난 녹음기가 따로 없었죠.

대통령이 왔을 때 유가족 한 분이 뉴스라도 볼 수 있게 모니터를 설치해달라고 했습니다. 그제야 대형 모니터 두 대가 체육관에 들어섰습니다. 진작 당연히 이뤄졌어야 할 일들이 전혀 실행되지 않았습니다. 정부든 해경이든 무엇을 해야 하는지도 모르는 것 같았고, 다들 얼이라도 빠진 듯 무의미하게 우

21

왕좌왕할 뿐이었습니다.

대통령이 유가족들에게 이야기할 때 저도 몇 마디 하고 싶었습니다. 그러나 첫날부터 마이크를 잡고 좀 나섰다는 이유로 원천봉쇄를 당했죠. 청와대 경호실인지 경찰인지 4명이 저를 포위하고 일어나려는 동작만 취해도 허리춤을 잡는 겁니다. 하도 화가 나서 한마디 소리를 지르고 나서야 더 이상 잡지 않더군요.

"내 자식이 죽어가고 있다. 나 여기서 죽는 거 두렵지 않다. 한 번만 더 잡아봐라. 차라리 같이 죽자."

왜 자꾸 유가족의 입에서 거친 말이 나오게 만드는지 지금도 이해가 안 갑니다. 사복을 입은 경찰들이 유가족들의 일거수일투족을 카메라에 담았습니다. 기자인 척하면서 허락도 없이 말입니다. 좀 활동적이거나 나서는 유가족은 더더욱 찍혔겠죠. 우리가 범법자도 아닌데 이 또한 이해가 안 갑니다. 유가족 회의 때 유가족인 양하면서 끼어들기도 합니다. 아무래도 이상해서 따져 물으면 그제야 도망치듯 물러납니다. 그래서 유가족이 어느 밤에 몰래 명찰을 만들 수밖에 없었죠. 명찰이 있어야만 유가족 회의 때 들어올 수 있게요. 기가 막힐 일이었죠.

참사 5일째 되던 날 유가족들은 진도체육관을 나서서 청와

대로 가기로 했습니다. 자정 무렵이었죠. 경찰이 문 앞에서 막
으려는 것을 뚫고 거리로 나섰습니다. 다급해진 총리는 또 대
화를 하자는군요. 그러나 총리의 앵무새 타령은 되레 유가족
들의 속을 뒤집어놓을 뿐이었죠. 유가족을 태우러 온다던 버
스가 웬일인지 오지를 않습니다. 걸어가기로 했습니다. 기다
린다고 뭐 하나 해결되지도 않을 테니까요.

유가족 200여 명이 걷기 시작했습니다. 한밤중이었습니다.
유가족들이 그럴 수밖에 없었던 것은 '일이 뭔가 아주 이상하
게 돌아가고 있구나'라는 느낌을 받았기 때문입니다. 세월호
가 침몰하고 이틀이 지나서야 모니터를 통해 각 방송사의 뉴
스를 보게 됐습니다. 그런데 뉴스 내용이 참사 현장의 실제 모
습과 많이 달랐습니다. 세상에 구조가 진행 중이라니!

"뭐야, 제대로 보도가 안 되고 있잖아. 밖에서는 실상을 잘
모르고 있는 거 아냐?"

유가족들이 이구동성으로 목소리를 높였습니다. 뉴스엔 이
른바 '팩트'가 있는 그대로 전달되고 있지 않다는 생각이 들었
습니다.

참사 첫날부터 진도체육관과 팽목항에는 온통 기자들로 바
글거렸습니다. 족히 수백 명은 될 것 같은 기자들이 마구잡이
로 여기저기 들쑤시고 있었죠. 언론사 차량들이 도로에 가득

해 정작 급한 용무가 지연되기 일쑤였고, 함부로 카메라를 들이대는 등 유가족에 대한 배려도 없었죠. 화도 나고 매우 불쾌했지만 그럼에도 기자들을 붙잡고 이야기를 했습니다.

현장이 어떻게 돌아가는지, 구조는 왜 안 되고 있는지 아무도 말을 해주지 않는다, 정부는 사태 파악도 못 하고 있다, 현장 책임자가 누군지 모르겠다, 이런저런 장비가 필요하다 등등 많은 이야기를 했는데도 제대로 보도가 안 되는 겁니다. 기자들은 누구보다 현장을 똑똑히 지켜보고 있었습니다. 그러나 방송에선 현장이 정확히 알려지지 않았고요.

참 야속했습니다. 사실이, 실상이 똑바로 보도가 돼야 세상이 알고 국민이 알아서 중지를 모으든 지혜를 모으든 할 것 아닙니까. 세상이, 국민이 알아야 정부를 압박해서 구조든 뭐든 촌각을 다투어 뛰어들지 않겠습니까. 현장의 기자들이 다 아는 사실을 왜 방송은 사실대로 정확히 내보내지 않는지 참으로 야속했습니다.

그때부터 언론에 대해 불신이 생겼습니다. 기자들의 취재를 거부했습니다. 접근도 못 하게 했고, 언성을 높이는 일도 잦아졌습니다. 그러면서 유가족들 사이에 우리가 고립된 건 아닌가 하는 공감대가 형성됐습니다. '진도가 섬이라 가뜩이나 동떨어져 있는 기분인데, 우린 그 안에서도 섬이다'라는 우려였습니다. 진도 밖에서는 지금 어떤 일이 벌어지는지 정확히 모를 수도 있겠구나, 하는 생각에 더 이상 참을 수가 없었던 것이죠. 특히 참사 5일 동안 외신 기자들이 거의 눈에 띄지 않았다는 게 우려를 증폭시켰죠. 세월호 침몰은 분명 참사인데, 왜 외신이 관심을 안 두는 거지, 정말 잘 몰라서 그런 건가?

"대통령한테 갑시다. 유가족 이야기는 다 들어주신다고 했잖습니까. 여기 있는 정부 사람이든, 해경 사람이든 도무지 믿을 수가 없으니까 청와대로 갑시다. 가서 우리 아이들 살려달라고 빕시다."

진도체육관에서 진도대교까지는 18번국도 따라 10킬로미터가 조금 넘습니다. 가까운 거리죠. 성인 걸음이라면 2~3시간 걸릴 겁니다. 그 거리를 7시간여 걸었습니다. 또 다른 이유가 있었습니다. 유가족들이 청와대 간다고 하면 더 많은 언론이 관심을 가질 것이고, 그렇다면 좀더 많은 사람들이 실상을 알게 될 것이란 막연한 믿음 때문이었습니다. 그야말로 지푸라기라도 잡는 심정이었죠.

그래서 부러 11킬로미터 거리를 7시간 걸려 간 것입니다. 중간에 총리가 긴급히 대화하자 하여 일부가 돌아갔고, 이후에 유가족대책위에서 불러서 또 일부가 돌아가서 끝까지 남은 유가족은 70여 명 정도였습니다. 가는 길에 몇몇 인터넷 매제가 따라붙었습니다. 언론에 대한 불신이 사라진 건 아니지만 제대로 보도하겠다는 약속도 받고, 또 진정성도 있어 보여 함께했습니다.

그들은 진도대교로 가는 내내 SNS에 실시간으로 현 상황을 올렸습니다. 일종의 사발통문인 것이죠. 실시간으로 5천여 명 이상이 보더군요. 진도대교에 거의 다 도착해서는 막 등교하는 학생들이 보여서 그들에게도 SNS 알리는 것을 부탁했습니다. 그런 노력들 덕분에 SNS에서 급격히 퍼져 나갔고, 언론사들도 더 촉각을 세웠을 겁니다.

진도대교 위로 아침이 환하게 밝았습니다. 거대한 A자형 탑도 좀더 선명하게 보입니다. 진도대교 아래 울돌목 해협의 물살은 예나 지금이나 한결같이 세차게 흐르고 있겠죠. 밤새 걸었던데다 경찰과 몸싸움도 하고 나니까 좀 지쳤습니다. 그때 버스 두 대에 나눠 타고 다른 유가족들이 합세했습니다. 총리와 이야기하는 게 얼마나 부질없는 짓인가를 다시 한 번 확인했다고 합니다. 언론사 차량들도 엄청 몰려들었습니다. 경찰만큼 많아 보이는 기자들이 연신 카메라를 눌러댑니다.

이날 유가족의 행진으로, 시위 아닌 시위로 언론의 태도가 좀 달라졌습니다. 실상을 제대로 보도하게 된 것이죠. 외신 기자들도 부쩍 늘었습니다. 이렇게까지 해야 뭔가 바뀌고 뭔가

달라지는 상황이었습니다. 그렇지만 많이 늦었죠. 이미 시커 먼 바다가 우리의 가족과 연인, 아이들을 삼키고 있었죠. 정부 의 무능과 안일 탓에 골든타임은 허무하게 날아갔습니다. 왜 그렇게 된 것인지 알고 싶습니다. 진상 규명이 반드시 필요한 까닭이죠.

다시 분향소로

유민이를 보냈습니다. 작은 몸뚱이를 불에 활활 태웠습니다. 바닷속에서 끝도 한도 없이 추웠을 텐데 이제 한기는 다 버리고 평화롭고 안전한 곳에서 뜨겁게 다시 태어나길 바랍니다. 많은 사람이 장례식장에 찾아와서 유민이를 추모하고 함께 슬퍼했습니다. 저를 위로해준 말 한마디, 한마디 잊을 수가 없습니다. 정말로 감사합니다.

유민이 발인을 끝내고 삼우제도 치르고 다시 아산으로 갔습니다. 곧바로 회사로 복귀했습니다. 제가 다니는 회사에서 작년에 난생처음 정규직으로 발령을 받았습니다. 비정규직으로 들어갔다가 일 잘한다고, 성실히 일한다고 인정을 해준 것이죠. 저는 평생 비정규직이었습니다. 무엇보다 가방끈이 짧은 탓이었죠. 고등학교를 중간에 그만둔 학력으로는 이력서조차 내밀기 힘들었습니다. 수년을 막노동이나 음식점 배달 일만 전전하기도 했죠. 아니면 그야말로 쥐꼬리만 한 월급을 주는 곳에서 장시간 고된 노동을 하는 게 다였습니다. 사업을 하다 말아먹기도 했고요.

나이가 드니까 직장 구하기는 더 어려워지고 일자리 찾아 점점 남쪽으로 가야 했습니다. 시대가 바뀌니까 최근엔 이력서에 학력란이 사라졌더라고요. 일만 잘 하고 열심히 하면 직장을 구할 수 있게 된 거죠. 덕분에 아산에서 번듯한 직장에 취직을 했습니다. 지금 다니는 회사입니다. 일 잘 한다고 인정도 받고 성실히 일하니까 6개월 만에 정규직도 됐고요. 정규직 말입니다.

월급도 늘었지만 자식들 학자금이 나온다는 게 엄청 기뻤습니다. 드디어 아빠 노릇 좀 하게 됐으니까요. 그래서 누구보다 먼저 유민이와 유나한테 자랑했던 것입니다. 이 회사 다니면서 국궁도 배웠고 열심히 활을 쏘았죠. 그러다 보니 술도 덜하게 되고요. 라면에 소주나 마시면서 밤을 낭비하던 버릇이 사라졌습니다. 당연히 몸과 마음이 훨씬 더 건강해질밖에요.

정규직은 규정상 노조에 가입하게 되어 있습니다. 노소 휠

동에 적극 참여하길 당부하는 말도 종종 들었지만 내 코가 석 자라 주말에도 특근에 매달렸습니다. 사진으로만 노조 활동하는 것을 봤습니다. 제가 다니는 회사가 민주노총 금속노조 소속이라 저를 강성 노조원이라고 지레 짐작하는 사람들도 많더군요. 단식농성도 노조가 배후라는 말도 들렸고요. 난생처음 노동조합을 접했고, 이제야 노동조합이 뭐 하는 곳인지 알아가는 중인데 강성은 뭐고 배후는 뭔지. 잘 알지도 못하면서 되는 대로 말합니다. 딱 '아니면 말고' 식인 것이죠.

저는 강성과 거리가 멉니다. 깡다구도 있고 고집도 세지만 세상이 그저 무난하게 굴러가길 바라는 성격이죠. 나이 들어서 겨우 취직된 직장에서 뭐 시끄럽게 일하겠습니까. 늦깎이로 찾아온 행운을 지키고만 싶죠. 회사 그만두면 갈 데도 없는데 말입니다.

회사에 복귀해서 미친 듯이 일하면 그때만큼은 잊을 수 있을 것이라 생각했습니다. 집에 가만히 있으면 돌아버릴 게 분명하니까 죽자 사자 일만 하면 유민이 생각은 잠시 접힐 줄 알았습니다. 하긴 그리 쉽게 접힐 것이라면 가슴에 묻는다는 말이 나오지를 않았겠죠.

아, 회사에 복귀하니까 비로소 유민이가 죽었다는 게 실감나는 겁니다. 시신을 봤어도, 장례를 치렀어도 실감 나지 않았거든요.

아무리 일을 해도 잊히기는커녕, 접히기는커녕 더욱, 더더욱 또렷이 유민이가 떠오를 뿐입니다. 유민이가 컴컴한 배 안에서 살려달라고 악을 쓰고 몸부림을 치는 게 보이는 겁니다. 마치 눈앞에서 벌어지는 일처럼 생생하게 말입니다.

세월호 수색을 하던 잠수사의 말이 자꾸 생각납니다. 배 안 창문 틈마다 담요로 돌돌 말아 다 막았더라는 거죠. 10분이라도, 1분이라도 더 살려고 필사의 노력을 한 것이라고요. 발버둥을 친 것이라고요.

그럴 때마다 밖으로 뛰쳐나가 담배라도 피우면서 마음을 가다듬으면 좀 나아졌을지도 모르죠. 그러나 우리 일의 특성상 그럴 수는 없었습니다. 정해진 쉬는 시간 외에 멋대로 쉬게 되면 공정 자체가 흐트러집니다. 회사와 동료에게 폐를 끼치게 되는 것이죠. 어떻게든 참아보려고 허벅지를 쥐어뜯고 이를 악물어도 다 소용이 없었습니다. 결국 휴직을 신청했습니다. 복귀 2주 만이었죠.

제가 일하던 곳에서 안산까지는 거리가 멀어 매일 차로 다녀오기는 어려웠습니다. 일단 차로 안산에 가서 밤에는 차 뒷좌석에서 쪼그리고 자고, 아침마다 잠이 깨면 합동분향소로 갔습니다. 집에는 주말에만 잠깐씩 다녀오고요. 합동분향소는 안산 화랑유원지 안에 마련됐습니다. 화랑유원지는 크고 잘 꾸며진 공원입니다. 너른 저수지도 있고요. 화랑유원지 주변에 공원이 여럿 있습니다. 언덕 같은 작은 산도 있고요. 안산엔 녹지가 곳곳에 조성돼 있어서 차를 타고 가다 보면 5~10분꼴로 초록이 상쾌한 공원들이 눈에 띕니다. 외지인들이 살고 싶은 곳이라고들 하는데 빈말이 아니죠. 안산은 유민이와 유나의 고향이나 다름없습니다. 4~5살 때부터 살았으니까요.

화랑유원지에서 동쪽으로 조금만 가도 공원이 있죠. 그곳 북쪽 끄트머리에 이제는 대한민국 사람 누구나 다 아는 단원고등학교가 있습니다. 유민이가 다니던 학교 말입니다. 합동분향소에 가면 마음이 좀 안정됩니다. 분향소엔 유민이 영정도 있어서 보고 싶으면 한참을 그 앞에 앉아 있습니다. 그래서 분향소에선 유민이의 죽음이 실감 나지 않았나 봅니다. 공원 주위도 걸어 다니면서 유민이의 흔적도 쫓아볼 수 있고요. 틈틈이 유가족 대책위 일도 도왔고요.

그러다가 세월호 참사 진상 규명이고 특별법 제정이고 다 지지부진해지는 모습을 보면서 참을 수가 없었습니다. 아무리 못난 아비더라도 자식의 억울한 죽음을 밝히고 알고 싶어 하는 것은 친부의 권리라고 생각합니다. 진실을 알려고 대책위에서 더 활동했고, 함께 국회로 들어갔고, 결국 광화문 광장의 단식농성으로 이어졌습니다.

누구보다 갈등이 생기는 것을 싫어하고, 갈등이 생기면 꾹 참는 게 제 성격입니다. 화가 나도 웬만하면 참는 편이죠. 어떤 일이든 원만하게 해결되기만을 바라던 사람이었습니다. 그렇지만 어느 날 맨 앞에 서게 됐습니다. 아직 진상 규명이나 책임자 처벌은 제대로 시작도 하지 못했고, 저는 그 싸움을 피하고 싶지 않습니다. 억울하게 죽은 아이의 아빠이기 때문입니다. 단원고 2학년 학생이었던 유민이의 아빠이기 때문입니다.

분노를 넘어

유민이는 정말 바람이 되어
저 하늘에서 자유롭게 날고 있을까요?
세월호에서 억울하게 죽어간 아이들이
다 바람이 되어 부모들 주위를 날고 있을까요?
제발이지 그랬으면 좋겠습니다.
저 차디찬 바닷속에서 고통스러워하지 않고,
푸르디푸른 하늘에서 맘껏
날아다녔으면 좋겠습니다.

어제 오후 1시부터 광화문광장 이순신 동상 앞에서 단식을
시작했습니다.

2시쯤 서울시 공무원이 와서 "여기서 주무실 겁니까. 유족들이
여기서 텐트 치고 이러셔도 아무 도움 안 됩니다"고 하더군요.
우리 때문에, 세월호 때문에 시민들의 삶이 어려워지고 있다며
소리를 지르고…… 시민분께 그런 소리를 직접 듣자니 마음이
착잡했습니다.

오후 6시 반에 서울시 역사도심관리과장과 도심관리팀장이
와서 사과했습니다. 유가족이 천막 설치하는 것 제지하지
않겠다고 합니다.

— 단식 2일차 페이스북 일기에서

나는 왜 단식농성을 시작했나

늘 그렇듯이 잠에서 깨어나면 어김없는 현실입니다. 꿈속에서는 꿈이길, 꿈이길 바라지만 눈을 뜨면 너무도 또렷한 세상입니다. 여기가 어딘가? 잠을 털어내니 참으로 낯설기만 한 곳이 눈앞에 펼쳐지네요.

아, 그렇지, 광화문 광장, 단식농성. 어제의 일이 빠르게 감는 화면처럼 후다닥 지나갑니다. 정신을 차립니다.

새벽 광화문은 조용한 편입니다. 차들도 다니고 사람들도 적잖이 보이지만 밤늦게까지 시끄럽던 것에 비하면 적막하기까지 하네요. 진작 동은 텄고 새벽안개에 북악산 쪽은 뿌옇습니다. 오늘도 꽤나 더울 모양입니다.

세수를 하고 돌아오니 함께 단식농성에 들어간 네 분 유가족들은 다들 잠을 설쳤다고 하시네요. 난생처음 길바닥에서 자는 것이니 잠은커녕 정신만 말똥말똥했겠죠.

저는 잘 잤습니다. 길바닥에서 자본 게 한두 번이라야 말이죠. 저는 고등학교 1학년 때 가출을 해서 3년여 방황한 적이 있습니다. 제 인생에서 가장 후회되는 시간이죠.

그때 노숙도 숱하게 했습니다. 어느 빈집 처마 밑에서도 자보고, 여러 날 밤을 모 백화점 건물 옥상에서 지내기도 했습니다. 라면 박스를 돌돌 말고 잤던 것도 기억이 나는군요. 새벽 이슬에 흠뻑 젖어 박스가 몸에 착 달라붙었죠. 그래서 그런지 광화문 광장 바닥이 불편하지 않더라고요. 하긴 자식 먼저 보낸 아비한테 길바닥인들 어떻고, 얼음 바닥인들 무슨 상관이 있겠습니까.

광화문 일대에 시민들이 늘어나네요. 저를 포함해서 단식농성에 들어간 다섯 명 유가족들도 몸단장을 하고, 정좌를 하고 하루를 시작합니다. 단식농성 이틀째.

아침부터 햇살이 뜨겁습니다. 지나가는 사람들의 시선도 햇살만큼이나 뜨겁습니다. 힐끗힐끗 보든지, 뚫어지게 보든지 뭇시선은 좀체 감당이 안 되네요. 그래도 첫날보다는 좀 낫습니다. 어제는 마음을 다잡기가 어려웠습니다. 단식이란 것도 처음이고, 농성이란 것도 처음이었거든요. 그것도 대한민국의 중심인 광화문 광장에서 말입니다. 사람들의 시선이 마구 쏟아지는데 눈을 어디다 둬야 할지도 모르겠고, 숨도 콱콱 막혀 왔습니다.

저나 다른 네 분 모두 단식이든 농성이든 해본 적이 없습니다. 광화문 광장 말고 국회에서 단식농성 하는 열 분의 유가족도 처음 해보는 일입니다. 실제 세월호 유가족 대부분이 단식은 둘째치고 집회나 시위 경험도 거의 없었던 것 같습니다.

세월호가 침몰하고 5일째 되는 날이었을 겁니다. 구조는 시늉만 하고, 정부는 우왕좌왕하는 꼴에 도저히 참을 수가 없어 유가족들이 청와대로 가기로 했습니다. 대통령께서 뭐든 다 하시겠다고 했으니까요. 유가족 말을 들어줄 사람은 대통령밖에 없다고 생각했습니다. 그런데 청와대로 가자는 말에 유가족 상당수가 우르르 뛰어나가더니 경찰과 몸싸움을 하는 겁니다. 그런 게 집회나 시위라고 알고 있었던 거죠. 그만큼 유가족들은 집회나 시위를 남 일처럼 생각하고 살아왔던 사람들인 겁니다. 저도 마찬가지고요.

평생 먹고사는 데 허덕이기만 했지, 무언가를 주장하고 요구하는 일은 다 남의 일로만 봤던 것이죠. 정치의 '정' 자만 나와도 TV 채널을 돌리고, 신문기사도 스포츠 면만 보는 수준이었죠. 당장의 돈벌이, 빚을 갚는 것에만 관심이 있었을 뿐입니다. 그러던 제가 이제는 집회도 하고 시위도 하고 단식도 합니다. 아이를 잃고 나서야 말입니다.

세상 일에 대한 무관심이 얼마나 잘못된 건지, 마흔이 넘어서야 깨달았습니다. 참으로 못난 철부지 아비입니다. 그래서 저는 죄인입니다. 아이를 먼저 보낸 건 세상이 올바르게 제대로 굴러가는지 눈 똑바로 뜨고 지켜보지 않은, 지켜보려고도 하지 않은 저 같은 사람들 때문입니다.

단식농성까지 하게 될 줄이야 누가 알았겠습니까. 아이들은 봄날 차디찬 바다에 빠졌는데, 한여름이 다 돼가도록 진상 규명은커녕 진상 규명의 시작조차 못 할 줄이야 누가 알았겠습니까. 유가족도, 실종자 가족도, 아니 대한민국 국민 누구도 이 지경이 될 줄 몰랐을 겁니다. 그래서 분통이 터진 유가족들이 단식을 하자고 나선 거였습니다.

단식 전에 국회에 먼저 갔습니다. 7월 16일이 특별법 여야 협상 마지막 날인데 도무지 진전이 보이지 않기에 유가족 대책위가 국회에서 농성을 하기로 한 거죠. 국회에 들어가는 데도 경찰과 몸싸움을 해야 했습니다. 경찰은 유가족을 생떼나 쓰는 무리로 보는 듯합니다. 정부가 그렇게 보는지도 모르죠. 생때같은 자식들을 어처구니없게 잃은 부모들을 그렇게 보다니요. 이해할 수도 납득할 수도 없었습니다. 그렇기에 국회 농성만으로 부족하다, 목숨 걸고 단식이라도 하자는 결의가 이어졌던 겁니다.

국회에서 열 명이, 광화문 광장에서 다섯 명이 단식농성을 하는 것으로 결정이 났고, 저는 광화문으로 가겠다고 자원을 했습니다. 흔한 말로 가방끈도 짧고 삶의 경험도 모자랐지만, 몸뚱이 하나로 버티는 것만은 자신 있었습니다. 실제 몸뚱이 하나로 살아온 인생이었으니까요.

그래도 두려움이 엄습했습니다. 16일까지 3일만 하는 단식이었지만 처음 해보는 것이기에 덜컥 겁부터 났습니다. 이런 거 해본 적도 없는데 정말 할 수 있을까. 3일도 못 가서 쓰러지면 어떡하지. 서울 여의도 국회에서 광화문으로 이동하는 버스 안에서 단식하기로 한 다섯 명은 입이 바짝 타들어갔습니다. 서로 격려하고 애써 웃음을 보였지만 별별 걱정과 잡념도 뒤섞였죠.

"16일엔 결론이 나겠죠?"

"우리 유가족이 이렇게 단식한다는데 허투루 하진 않겠죠."

"그래요, 3일만 버티면 됩니다, 우리 아이들 생각하면 며칠이든 못하겠습니까."

3일이면 될 줄 알았습니다. 특별법 확실하게 결론지으라고

3일 기한으로 단식농성을 한 거였습니다. 그게 3일을 훌쩍 넘겨 40일을 넘기게 될 줄이야.

단팥빵의 기억

단식 3일째를 넘기니까 엄청 배가 고픕니다. 사람들이 까만 비닐봉지를 들고 가는 것만 봐도 배 속이 난리입니다. 머릿속 에선 살면서 먹어봤던 음식들이 우후죽순이란 말처럼 마구 돋 아납니다. 그렇게 세월호에 탄 아이들도 멀쩡히 살아서 물 위 로 동동 떠올랐으면 얼마나 좋았을까요. 마음은 고통과 분노 로 가득한데 몸은 그저 본능 따라 반응합니다. 그러니 더 미안 하고 죄스럽기만 합니다.

제게 배고픔이나 굶주림은 낯설지 않은 말입니다. 고등학교 시절 가출했을 당시 거리를 떠돌면서 숱하게 굶어도 봤고, 어 린 시절엔 밥 한 끼 제대로 먹기도 힘들었거든요. 워낙 가난했기 때문이죠. 제 고향은 두메산골입니다. 고향집은 그야말로 산 넘고 물 건너 논두렁 밭두렁 다 지나 야트막한 산자락에 있습니다. 조그만 마을에서 가장 높은 곳에 자리 잡았죠. 지금도 그 자리에 그대로 있습니다. 부모님은 평생 그 집에서만 사셨죠. 농사를 지으면서 6남매를 키우셨습니다. 누님 한 분과 형님 네 분, 저는 막내고요.

제가 살던 고향 마을은 죄다 초가집이었습니다. 초가집도 없애고 마을 길도 넓히던 1970년대 새마을운동도 비껴갔으니 두메 중에 두메라 할 만하죠. 심지어 우리 고향 집이 초가를 벗은 지도 얼마 되지 않았습니다. 어쩌면 마지막 남은 초가였을지도 모르겠습니다. 집은 기역 자 구조이고, 너른 마당이 있습니다. 두메산골 농사꾼의 집답게 참 가난했습니다. 어린 시절 한 끼만 밥을 먹었습니다. 그것도 쌀 한 톨 없는 꽁보리밥이었죠. 그래도 전 쌀 구경을 했죠. 어머니께선 아침마다 큰 가마솥에 밥을 하셨습니다. 온통 보리쌀에 가운데에만 한 줌 쌀을 넣고 안치셨습니다. 밥이 다 되면 쌀밥은 아버지를 드리고, 푸다가 떨어진 쌀 밥풀은 막내라고 제게 주셨거든요. 꽁보리밥 틈틈이 섞인 하얀 쌀밥은 참 눈부셨습니다. 맛이야 따질 것도 없고요.

하루 한 끼는 그렇게 먹고 나머지는 계절에 따라 고구마나 감자, 옥수수가 다였습니다. 시래기로 끓인 죽도 자주 먹었고요. 배고픈 마을 아이들은 산에 올라 꿩을 잡으러 다녔습니다. 물론 아이들한테 잡힐 꿩이 아니지만요. 마을에 뽕나무가 많아서 여름이면 오도개(오디)를 정신없이 따먹죠. 두 손과 입주변이 검붉은 빛으로 물들어 저승사자 꼴이 될 때까지요. 그시절 배고픔이나 굶주림은 일상이었고 생활이었습니다. 가출해서 그토록 배를 주리고 다녀도 버틸 수 있었던 것도 다 그시절을 겪었기 때문이었을 겁니다.

그랬는데도 왜 단식하면서 오는 배고픔은 이처럼 참기 어려운 건지. 물만 벌컥벌컥 들이켰습니다. 새벽에 눈을 뜨자마자 물을 한 1리터 정도 마십니다. 소금 조금하고요. 그리고 수시로 물을 마시니까 하루에 5리터도 넘게 마실 겁니다. 처음엔 단식하시는 다른 유가족 네 분과 먹고 싶은 음식 이야기도 했지만 허기가 지니 그조차 호사라는 생각이 들었습니다.

3일 동안만 하기로 한 단식농성이었는데, 여야가 유가족들의 절실함에 조금이라도 귀 기울여주길 바라는 뜻에서 시작했던 단식농성이었는데, 이젠 하루하루 시간만 늘어납니다. 유가족들은 세월호 참사 100일이 되는 7월 24일까지 단식농성을 연장하기로 결정했습니다. 14일에 시작했으니 열흘 동안 굶어야 하는 겁니다.

3일도 제대로 할지 두려웠는데, 10일이라니. 이렇게 배가 고픈데 더 할 수 있을까. 걱정과 두려움이 시시때때로 몰려옵니다. 어수선한 마음도 다잡을 겸 다시 물을 마시고 나서 정좌에 들어갑니다. 눈을 감고 호흡을 가다듬습니다. 그러다 문득 기억 한 토막이 떠오릅니다. 단팥빵입니다.

제가 단팥빵이란 걸 처음 먹어본 게 여덟 살인가 아홉 살 무렵이었습니다. 이런 말을 하면 제 또래조차 믿지 못하겠다는 표정을 짓는데, 두메산골의 가난한 농사꾼 집에선 충분히 있을 수 있는 일입니다. 그날은 아버지가 마을 노인정에서 약주를 드시고 오셨습니다. 아버지는 마을에서 사람 좋기로 소문난 분이었죠. 어머니는 그런 아버지가 딱 무골호인이라면서 질색을 하셨지만 말입니다. 해마다 품앗이로 못자리를 하든, 가을걷이를 하든 우리 집은 언제나 꼴찌였죠. 아버지는 매사 양보였죠. 그때마다 어머니 속은 터지셨고요.

할아버지 대까지는 꽤 잘살았다고 합니다. 돈을 쌀가마니에 쓸어 담았다고 하니까요. 가족들 병치레에 돈을 쏟아붓기 전까지는요. 땅도 다 날렸고요. 아버지가 땅을 헐값에 파셨다고 하더군요. 사람 좋은 아버지답게요. 아버지 속을 어떻게 알겠습니까. 누구보다 까맣게 타셨을 겁니다. 아버지는 마을 사람들한테는 살가웠지만 자식들한테는 그렇지 않았습니다. 그저 무뚝뚝하셔서서 다정다감한 말 한번 듣기 어려웠습니다. 우리 세대 아버지들이 다 그랬죠. 마음이야 더할 나위 없이 따뜻하지만 겉으로 굳이 드러내지 않으셨죠. 그날 불콰해서 들어오신 아버지가 주머니에서 뭔가 꺼내 제 품에 꽂아주시는 겁니다. 다른 형제들은 건넌방에서 잠을 잤지만, 저는 막내라 어머니와 아버지 사이에 끼어 잤는데 몰래 저에게만 주신 거죠.

"막둥이 먹어라."

단팥빵이었습니다. 빛깔도 곱고 폭신한 게 천상의 맛이었습니다. 그 맛을 어찌 잊겠습니까. 빵이 참 컸다는 생각입니다. 먹어도, 먹어도 좀체 줄지 않았으니까요. 그때 아버지의 마음을 알았습니다. 정이 많으신 분이구나. 이후로 아버지가 무슨 말씀, 무슨 행동을 하셔도 다 이해했습니다. 사랑했고요. 아버지는 세째 형이 허리디스크를 심하게 앓았을 때 직접 업고 마을 뒤 천태산을 넘어 보건소까지 다녀오신 분입니다. 하루 이틀도 아니고 몇 달 동안을요.

그렇지만 아버지는 2003년에 결핵으로 돌아가셨습니다. 평생 가난과 싸우더니 나중에 병상에서 고생만 하시다가요. 아비가 되어야 진정 아비 마음을 알 수 있다던데, 돌아가신 아버지의 그 큰마음을 저도 갖고 있는지 스스로에게 묻고 꾸짖어봅니다.

자식을 가슴에 먼저 묻은 죄인이 아버지의 발뒤꿈치라도 따라갈 수 있을까요. 눈물 나게 아버지 생각이 나는 날입니다. 눈물 나게 단팥빵이 먹고 싶은 날입니다.

꿈도 희망도

　가만히 있어라.

　이 한마디가 수백 명의 목숨을 앗아갔습니다. 어른들의 말을 곧이곧대로 믿고 따른 아이들의 희생이 클 수밖에 없었습니다. 죽음에 직면하기 직전까지 영상을 남긴 아이들이 많았습니다. 몇몇 영상들은 경찰이나 관계 당국이 꼭꼭 숨겨두기도 했습니다. 유가족들이 악을 써야 그제야 마지못해 슬그머니 내놓습니다.

　가만히 있어라.

　유가족한데도 그렇게 얘기하는 것만 같습니다. 가만히 있고 싶습니다. 제대로 한다면 말입니다. 처음엔 정부를 믿었습니다. 구조부터 진상 규명까지 국가가, 정부가 다 알아서 잘 해 줄 것이라고 굳게 믿었죠. 그런데 구조부터 진상 규명까지 우왕좌왕에 졸속이기만 합니다. 하염없이 시간만 흐르는 가운데 유가족에 대한 폄훼와 막말을 서슴지 않습니다. 명망 있다는 다선 국회의원의 입에서도 막말과 악의적인 비난이 거침없이 쏟아집니다.

가만히 있어라.

어떻게 가만히 있겠습니까. 그래서 죽어간 아이들이 남긴 동영상을 봅니다. 보는 게 너무도 고통스럽고 치밀어 오르는 감정을 주체하기 어렵지만 두 눈 똑바로 뜨고 봅니다. 보고 또 보면서 잊지 않으려고 말입니다. 차디찬 바닷속을 떠돌고 있을 맑디맑은 영혼들의 억울함을 깨끗이 씻어내주려고 말입니다. 도대체 무슨 일이 벌어진 건지 낱낱이 밝혀내는 게 진짜 어른들이 할 일입니다. 세월호를 만들어낸 건 우리 사회, 우리 어른들이니까요.

한낮엔 뜨겁습니다. 습도마저 높아 다들 헉헉거립니다. 저녁 무렵이면 한껏 달궈진 지열도 가세합니다. 숨이 콱콱 막히죠. 굶어서 그런지 땀은 나지만 심하게 더위를 타진 않습니다. 학교를 마친 아이들이 곳곳에 보입니다. 다들 씩씩하고 발랄해 보입니다. 영락없는 아이들입니다. 유민이 또래 아이들을

50

보면 다 유민이 같습니다.

유민이와 유나가 처음 교복 입은 날이 생각납니다. 둘은 연년생이죠. 교복 입은 게 참 예쁘긴 했지만 아직 아기들한테 교복을 입힌 것만 같았습니다. 어느 틈에 키도 크고 몸도 커졌고 중학생이 됐는데 말입니다. 부모 눈에 자식들이 나이가 들었거나 말거나 영원한 '애'라는 말이 실감 나던 날이었죠.

유민이는 항상 조신하고 소박한 아이답게 교복 입은 모습도 수더분했습니다. 유나는 아주 활동적인 아이죠. 맵시 있게 교복을 입을 줄도 알고요.

저는 교복자율화 세대라 교복을 입어본 적이 없습니다. 중학교 입학식 날 형이 입던 옷을 입고 갔습니다. 동생이 형의 옷을 물려받아서 입던 가정이 여전히 많았던 시절이었죠. 그런데 하필이면 5형제 중에 막내인 저만 몸집이 작았습니다. 형들은 골격도 두툼하고 팔다리도 길었죠. 형들에 비하면 저는 꼬맹이였습니다. 물려받은 옷들이 맞을 리가 없었죠. 허리춤이 너무 넓어 혁대로도 안 되어, 노끈으로 한참을 졸라매야 했죠.

셔츠는 말할 것도 없어서 큰 자루를 뒤집어쓴 모양새였습니다. 저야말로 아기한테 교복을 입힌 꼴이었을 겁니다. 입학식을 하는데 아이들이 킬킬거리고 웃거나 놀려대더군요. 딱히 창피하지는 않았습니다. 가난해서 어쩔 수 없다는 사실을 너무나 잘 알았기 때문이었죠. 그래 놀려라, 난 꿈쩍도 안 한다. 어쩌면 오기로 그랬는지도 모르죠.

그해가 가기 전에 누님이 새 셔츠와 바지 그리고 운동화를 사주셨습니다. 처음으로 나만의 옷과 운동화가 생긴 날이었습니다. 얼마나 기쁘고 행복했는지요. 초등학교 때는 검정고무신을 신었고 천으로 만든 책보를 어깨에 두르고 다녔습니다. 책보에 구멍이라도 생겨서 그 사이로 연필 하나라도 빠지면 난리 났죠. 학교 가는 길 주위를 샅샅이 뒤져야 했으니까요. 그래도 못 찾으면 어머니한테 된통 혼나야 했고요. 고향에선 운동화는 부잣집 아이들이나 신는 걸로 알고 있었고요. 실제 운동화 하나 사면 닳고 닳아서 발에 걸치기조차 곤란해질 때까지 신었습니다. 구멍이 나거나 찢어지면 헝겊을 대서 꿰맸고요.

유민이와 유나가 태어날 때 경제적으로 썩 좋지 않았습니다. 둘 다 너무 힘들 때 나와서 걱정부터 앞섰습니다. 정말로 눈에 넣어도 아프지 않을 것 같은 아이를 보면서 돈 많이 벌자는 생각만 했습니다. 나는 가난하게 컸지만 너희만큼은 풍요롭게 자라게 해주겠다는 생각만 했습니다. 그렇지만 경제적인 어려움은 지속됐고 생각한 대로 아이들을 키우지 못했죠. 유나가 태어날 때는 돈이 없어서 병원에 가지 못하고 천주교에서 운영하는 시설로 가야 했습니다. 아주 저렴했죠. 대신 무통주사 같은 게 없어서 유나 엄마가 고생을 많이 했죠.

유민이와 유나가 네댓 살 무렵엔 공장으로 데리고 다녀야 했습니다. 우리 부부가 둘 다 그 공장에서 일을 했는데 따로 맡길 데도 없었거든요. 하루 열여섯 시간 넘게 일하는 동안 유민이와 유나는 공장 한구석에서 놀았죠. 공장 일이 끝나고 귀가할 무렵엔 아주 새까매졌고요. 새벽녘이 되어서야 집에 돌아오는 날도 많았습니다.

참 잊을 수 없는 기억입니다. 그런 것들이 항상 마음에 걸렸는데 작년에 난생처음 정규직이 됐습니다. 정규직이 되자마자 두 아이한테 먼저 전화를 걸었습니다.

"아빠가 정규직이 됐어. 학자금도 지원한대. 그러니까 마음 놓고 대학 준비해."

언제나 집안 사정부터 생각하는 유민이는 대학을 포기했었죠. 죽어도 대학을 안 가겠다고, 고등학교 졸업하면 곧바로 돈을 벌겠다는 아이였죠. 그랬던 유민이가 비로소 대학을 가겠다는 마음을 먹은 겁니다. 장래 희망도 생겨난 것 같았습니다. 그렇지만 다 소용없게 됐습니다. 세월호가, 세월호를 만든 이 사회가, 그 사회를 만든 어른들이 기회를 빼앗아 갔죠. 못난 아비가 모처럼 아비 구실 좀 하려고 했는데 그 기회도 사라졌습니다.

아이의 꿈은 차디찬 바다 저 깊은 곳에 가라앉았고, 아비의 소망은 허무하게 바스라지고 말았습니다. 세월호에서 죽거나 실종된 304명 가족의 꿈과 소망이 하루아침에 송두리째 뽑혀 나간 겁니다. 이유를 알아야겠습니다. 제 몸이 만신창이가 돼도 괜찮습니다. 진상만 규명된다면 말입니다.

"아빠 난 뭐 하면 좋을까?"

"너 수학 좋아하잖아. 그쪽으로 알아보는 건 어때?"

그리고 한 달 뒤 유민이는 세월호를 탔습니다.

오늘 우리 유가족은 미공개 동영상 두 편을 공개했습니다.

영상 속에서 고 김동혁 군이 "나는 꿈이 있는데! 나는!

살고 싶은데! 나 무섭습니다. 나 살고 싶습니다" 하는데……

우리 유민이 생각이 나서 너무 아팠습니다.

유민아, 못해줘서 너무 미안하고

그래도 아빠가 제일 많이 사랑했고…….

아빠가 죽거든 꼭 유민이한테 갈 거야.

다음 생에는 우리 네 식구 다시 한 번 행복하게 살아보자.

제 옆에서 단식 중이던 창현 아빠는 영상을 보며 오열하다

결국 오늘 병원으로 갔습니다.

— 단식 4일차 페이스북 일기에서

그래서 나는 죄인입니다

많은 분이 대한민국은 이제 세월호 이전과 이후로 나뉘게 됐다고 입을 모읍니다. 우리 사회가 안전이란 말을 쓰기가 민망할 정도로 어이없는 참사가 일어난 데다, 이를 감당할 실력도 능력도 안 된다는 게 만천하에 드러났기 때문일 겁니다. 한마디로 사회 시스템이 아주 취약했던 것이죠. 그런데도 세월호 참사를 그저 교통사고일 뿐이라고 말하는 사람들은 어디 머나먼 별에서 온 외계인 같기만 합니다. 그렇게 말하는 사람들이 주로 높은 자리에 있는 사람들이라는 게 도무지 이해가 가지 않습니다.

세월호 유가족들이야 말해 뭐하겠습니까. 참사 이전과 이후는 달라도 너무 다른 세계죠. 세월호 참사 이전까지는, 세월호에서 유민이의 시신이 발견되기 이전까지는, 세상 돌아가는 것에 참으로 무심한 인간이었습니다. 정치의 '정' 자도 싫어한 건 물론이고 지금 사회에서 무슨 일이 일어나고 벌어지고 있는지 별 관심이 없었습니다. 마음의 여유가 없었기 때문입니다.

돌이켜 생각하면 평생을 쫓기면서 살아왔던 것 같습니다. 20대 후반부터 직접 사업도 했고, 다른 사람의 사업에 뛰어들기도 했습니다. 직장 생활도 해봤지만 고교 중퇴, 사실상 중졸 학력으로 번듯한 직장에 들어가는 건 불가능했습니다. 여러 사업을 하는 과정에서 빚을 많이 지게 됐습니다. 남한테 속기도 했지만, 잘 알아보지 않거나 준비를 덜 하는 바람에 날려먹은 것도 적지 않으니 다 제 탓입니다.

빚이란 게 갚아나가는 건 거북이걸음인데, 늘어나는 건 제트기 닮아서 서른 살 넘어부터는 언제나 빚에 시달렸죠. 한 푼이라도 더 갚으려고 낮엔 직장에서 일하고, 밤엔 아르바이트를 뛴 적도 있습니다. 새벽부터 심야까지 일하느라 몸은 천근만근, 집이라고 하숙생처럼 들락거리는 게 다였죠. 그러다 보니 아내와 다툼이 잦아졌고, 갈등의 골이 깊어만 갔습니다. 결국 서로한테 더 상처 주기 전에 헤어지게 됐습니다. 유민이와 유나한테는 평생 씻을 수 없는, 회복할 수 없는 상처를 준 것이죠.

그렇다고 빚이 줄어든 것도 아니어서 늘 암담한 기분으로 하루를 맞이했고, 참담한 마음으로 하루를 보냈습니다. 그러다가 세상도 사람도 다 싫어지더군요. 세상과 등지기로 하고 모든 관계를 끊었습니다. 빚에 눌리다 보니 자신감도 사라지고 자꾸 위축되더라고요. 별말 아닌데도 그게 저한테는 돌덩이처럼 날아오고요. 스스로 상처를 만들게 된 것이죠. 그래서 달아났습니다. 6년 정도 아무한테도 연락하지 않고 나 홀로 살면서 빚만 갚아나갔습니다. 유민이와 유나만 가끔씩 보러 갔을 뿐입니다. 아무도 모르게요.

어쩌다 어머니와 형님이 수소문해서 제가 살던 집으로 찾아오는 적도 있었죠. 그때마다 집 안 깊은 곳에 숨어서 인기척을 감췄습니다. 어머니는 몇 시간이고 "막둥아!"를 외치고 문을 두드리시다 기어코 펑펑 울음을 터뜨리고 발걸음을 돌리셨습니다. 그렇게 6년여 숨어 살았던 적이 있습니다. 어머니는 저를 막둥이라고 불렀습니다. 저를 자식처럼 키운 큰형님도 그렇고요. 어머니는 저를 끼고 사셨습니다. 음식을 하시면 항상 제게 먼저 맛을 보게 하셨죠. 형들과 달리 작은 체구라 더 애지중지하셨던 것 같습니다. 그러니 요즘은 얼마나 애가 타시겠습니까. 이래저래 불효자입니다.

그 시절에 썼던 글입니다.

무인도에선.

이른 아침에 울어대는 새 한 마리가

지쳐 잠든 나를 깨워주고,

밤새도록 맺힌 눈물샘 이슬이

나의 세안물이 되어줍니다.

무인도에선.

바위틈에 끼어 오갈 데 없는 바닷물이

마음을 비춰주는 거울이 되어주고,

백사장에 깔린 외로운 조가비가

나의 친구가 되어줍니다.

무인도에선.

천년만년 비바람에 깎인 바위는

포근한 침대가 되어주고,

어둠 속에서 들려오는 슬픈 파도 소리는

나의 자장가가 되어줍니다.

지금 내가 서 있는 여기가 바로

아무도 살지 않는 쓸쓸한

무인도랍니다.

무인도에선…….

—2004년 쓸쓸한 어느 봄날

　빚을 다 갚으면 아무도 없는 그야말로 무인도에서 살고 싶었습니다. 돈에 휘둘리지 않고, 사람에 치이지 않고 살고 싶었습니다. 그저 나 홀로, 쫓기는 것 없이, 아무 근심 없이 살고 싶었습니다. 그러나 다 무지개 잡는 환상일 뿐, 현실은 어김없이 눈앞에 펼쳐지고 저는 언제나 냉혹함 속에서 비척거려야 했죠. 그러니 어찌 정치에 관심이 있었겠으며 사회가 어떻게 굴러가든 신경이나 썼겠습니까.

　단식농성하면서 '재난가족안전협의회' 분들을 만나게 됐습니다. 광화문 광장에 오셔서 저희 유가족을 보시자마자 눈물을 쏟으셨습니다. 세월호 유가족과 같은 아픔을 겪었던 분들이었습니다. 제 손을 꼭 쥐는데 느낌이 사뭇 달랐습니다. 같은 경험을 공유한 사람들만이 느끼는 감정의 전이였을 겁니다. 저도 울었습니다. 슬픔이, 억울함이, 고통이 밀려왔습니다.

유치원 아이들 19명을 포함해서 23명이 죽었고 6명이 다친 화성 씨랜드청소년수련원 화재사건, 55명이 죽고 78명이 다친 인천 인현동 호프집 화재사건(1999년), 192명이 죽고 148명이 부상당한 대구지하철 화재사건(2003년), MT 중인 대학생 등 13명이 목숨을 잃고 26명이 크게 다친 춘천 산사태(2011년), 2013년 여름에 유민이 또래의 학생 5명의 목숨을 앗아간 태안 사설 해병대캠프 사건, 그리고 2014년, 올해 일어난 장성노인요양병원 화재사건(21명 사망, 8명 부상), 고양버스터미널 화재사건(5명 사망, 42명 부상) 등 대형 참사 유가족분들입니다.

참 부끄럽게도 저는 몰랐습니다. 워낙 대형 사건들이라 오가면서 참사라는 사실만 알았지, 이후 어떻게 됐는지는 그야말로 강 건너 불구경 하듯이 했습니다. 재난가족안전협의회분들의 말씀을 듣고 나서야 내가 얼마나 바보처럼 살았는지를 깨달았습니다.

대형 참사들은 하나같이 발생에서 수습까지 인재였고, 우왕좌왕했고, 서둘러 종결시켰습니다. 죽거나 다친 유가족들 역시 하나같이 진상 규명, 책임자 처벌, 재발 방지를 요구했고요. 그러나 왜 참사가 일어났는지 본질과 원인은 밝혀지지 않았고, 처벌은 실무선에서 그쳤고, 매해 유사한 사건늘이 재발했던 겁니다.

공식적으로나 법적으로 종결됐다고 하지만, 진상 규명은 수박 겉핥기에 불과했던 것이고, 진짜 처벌받아야 할 사람들은 여전히 자리를 지키고 있었던 겁니다. 그러니 참사가 꼬리에 꼬리를 물 수밖에 없었고 기어코 세월호 참사까지 이어진 것입니다.

가슴을 치고 머리를 쥐어박았습니다. 난 얼마나 못난 아비이고, 못난 시민이었던가. 빚에만 몰두하다가 나의 안전, 내 아이의 안전이 뿌리부터 붕괴되고 있다는 사실을 전혀 모르고 있었던 것이죠.

외면과 방관, 나 힘들다고 주위에서 벌어지는 일에 눈 감고 있었던 겁니다. 적이 나타나면 땅에 얼굴을 묻고 나 몰라라 등 돌리는 꿩처럼 말입니다. 그래서 저는 죄인입니다.

재난가족안전협의회분들은 그동안 꾸준히 각 사건에 대한 진상 규명, 책임자 처벌, 재발 방지를 외쳐왔습니다. 그러다 세월호 참사가 터지는 것을 보고 도저히 참을 수가 없어서 협의회를 만들었다고 합니다. 하나로 뭉쳐서 이 끔찍한 참사의 고리를 반드시 끊어버리자고 모인 겁니다. 이외에 다른 대형 사건 유가족들도 함께할 것 같다고 합니다. 그분들은 무엇보다 특별법이 반드시 통과돼야 한다고 힘주어 말씀하셨습니다.

긴 싸움. 아주 긴 싸움이 되겠구나, 하는 생각이 들었습니다.

하나의 대형 참사에서 교훈을 얻지 못하고 수십여 년 같은 꼴을 반복해왔습니다. 몰라서 반복한 게 아니라 알면서도 반복했던 겁니다. 도대체 왜? 진상 규명, 책임자 처벌, 재발 방지가 그토록 어려운 것인지 이제야 알겠습니다. 마음이 무겁게 내려앉지만 투지가 샘솟기도 합니다. 여름밤은 뜨겁기만 하고요.

어제 힘내라고 응원 온 ○○중학교 1학년 이○○ 양입니다.

참 예쁘죠…… 마음도 참 예쁩니다.

여야 의원들은 ○○ 양을 보면 창피하지도 않은지……

윤주 양이 어제 보낸 편지가 마음에 자꾸 걸립니다.

"대한민국이 더 이상은 무서운 나라, 잔인한 나라가 아니었으면

좋겠습니다."

— 단식 24일차 페이스북 일기에서

천 개의 바람이 되어

노랫가락 소리에 눈을 뜹니다. 참 아름다운 노랫말이고 곡
조입니다.

나의 사진 앞에서 울지 마요 나는 그곳에 없어요.

나는 잠들어 있지 않아요, 제발 날 위해 울지 말아요.

나는 천 개의 바람 천 개의 바람이 되었죠.

저 넓은 하늘 위를 자유롭게 날고 있죠.

가을엔 곡식들을 비추는 따사로운 빛이 될게요.

겨울엔 다이아몬드처럼 반짝이는 눈이 될게요.

아침엔 종달새 되어 잠든 당신을 깨워줄게요
밤에는 어둠 속에 별 되어 당신을 지켜줄게요

나의 사진 앞에 서 있는 그대 제발 눈물을 멈춰요
나는 그곳에 있지 않아요, 죽었다고 생각 말아요.
나는 천 개의 바람 천 개의 바람이 되었죠.
저 넓은 하늘 위를 자유롭게 날고 있죠.

나는 천 개의 바람 천 개의 바람이 되었죠.
저 넓은 하늘 위를 자유롭게 날고 있죠.

저 넓은 하늘 위를 자유롭게 날고 있죠.

〈천 개의 바람이 되어〉라는 노래입니다. 죽어간 사람들을 위
한 추모의 노래라고 합니다. 1930년대에 미국인 주부가 쓴 시
「천 개의 바람이 되어(A Thousand Winds)」가 원작이랍니다. 오
랫동안 추모 시로 낭독되다가 10여 전에 일본 사람이 곡을 붙
였다는군요. 지금 들리는 노래는 우리나라 팝페라 가수인 임
형주 씨의 목소리입니다. 세월호 추모곡으로 불린다고 하네요.
고운 목소리로 전해오는 노랫말이 가슴을 뜨겁게 만듭니다.

유민이는 정말 바람이 되어 저 하늘에서 자유롭게 날고 있을까요? 세월호에서 억울하게 죽어간 아이들이 다 바람이 되어 부모들 주위를 날고 있을까요?

제발이지 그랬으면 좋겠습니다. 저 차디찬 바닷속에서 고통스러워하지 않고, 푸르디푸른 하늘에서 맘껏 날아다녔으면 좋겠습니다.

〈천개의 바람이 되어〉 노래에 맞추기라도 하는 건지 천 개의 바람개비도 살포시 돌아갑니다. 이순신 장군 동상 아래 노란 바람개비들이 활짝 피어난 꽃만 같습니다. 추모의 뜻과 진상 규명의 염원을 담고 시민들이 심은 것들이죠. 여기 광화문광장 말고도 안산 합동분향소에도, 팽목항에도, 전국 곳곳에도 바람개비가 피어났다고 합니다.

단식농성이 보름을 넘기면서 잠을 자는 건지, 졸도를 하는 건지 밤 10시쯤 되면 그대로 쓰러집니다. 새벽 5시쯤 눈이 떠지고요. 단식에 따른 통증도 하루가 다르게 심해지고 기운은 쑥쑥 빠져나갑니다. 대신 배고프다는 느낌은 없습니다. 몸이 비상 체제로 바뀌었기 때문이겠죠.

가장 먼저 통증이 생긴 곳이 치아입니다. 이가 너무 아파서 양치질을 못 할 정도입니다. 잇몸이 폭발이라도 할 것만 같습니다. 피가 고여서 마치 흡혈귀 꼴입니다. 당장이라도 이가 다 빠져나갈 것만 같습니다. 치아 통증에 적응할 만하면 두통이 바통 터치를 합니다. 머리 전체를 꽉 조여오는 통증이 시작되면 한참을 멍하니 있어야 합니다. 손오공처럼 제 머리에도 누군가 금관을 씌웠나 봅니다. 그다음엔 관절이란 관절이 다 아파옵니다. 뼈마디가 쑤신다는 걸 실감합니다.

단식 한 달이 넘어갈 무렵엔 근육이 거의 다 사라져서 수시로 허리가 꺾이는데 그때마다 갈비뼈가 장기를 찔러댑니다. 악! 소리가 절로 납니다. 진이 다 빠질 정도로 아프죠. 그래서 지팡이로 버팁니다. 그것에 의지해 허리를 세워야 앉아 있을 수 있거든요. 날마다 저를 챙겨주시는 사회복지사 분들이나 단식농성의 경험이 있는 분들이 틈틈이 조언을 줍니다.

단식을 하게 되면 몸이 비상 체제로 바뀌면서 지방과 단백질을 다 태워 포도당으로 만들어 머리로 보낸다고 하는군요. 그게 다 소진되면 긴급히 근육을 태우고요. 그러니까 아무것도 하지 말랍니다. 말도 하지 말고, 책도 보지 말고, 생각도 하지 말라는 것이죠. 앉아 있지도 말고 가만히 누워 있으랍니다. 그래야 천천히 타고, 몸도 급작스레 나빠지지 않고요.

그런데 그렇게 할 수는 없었습니다. 단식농성장을 찾아주시는 분들 때문입니다. 전국 각지에서 부러 먼 길 오시는 분들에게 누워 있기만 하는 모습을 보여주는 건 예가 아니라고 생각합니다. 온몸이 후들후들 떨려도 일일이 일어나서 맞이했습니다. 제가 싸우는 모습 속에서 희망과 용기가 생기는 것이지, 약한 모습을 보일 바엔 안 하는 게 낫죠.

단식농성 시작하고 며칠은 찾아오시는 분들이 별로 없었는데 100일 위령제 전후로 사람들이 늘어났습니다. 단식 열하루째인 7월 24일이 세월호 참사 100일이 되는 날이었습니다. 국회와 광화문 광장에서 단식농성을 하던 스무 명 유가족들이 위령제를 하는 서울 조계사에 모였습니다. 단식으로 다들 몰골이 말이 아니었지만 눈빛만은 살아 있었습니다. 아이를 가슴에 묻은 아비들, 그들에게 자신의 목숨은 아깝지 않습니다. 수사권과 기소권이 포함된 특별법만 만들어진다면 말입니다.

그런데 그날 단식농성 하던 유가족 상당수가 병원으로 실려 갔습니다. 위령제가 끝난 뒤 시민들과 함께 새벽 서너 시까지 경찰들과 몸싸움을 했거든요. 언제라도 찾아오라던 대통령 만나겠다고요. 그러나 대통령은 지리적 거리로만 지척에 있었을 뿐입니다. 유가족이 숱하게 애원하고 호소해도 응답은 없었습니다. 마음의 거리는 지구 한 바퀴도 더 되는 모양입니다.

그 주엔 비도 많이 오고, 바람도 세차서 농성장 텐트가 폭삭 주저앉기도 했습니다. 그날 이후에도 단식농성 중인 유가족들이 하나씩 둘씩 긴급 후송되었습니다. 단식 14일째 마지막 남은 두 사람 중 한 분이 한낮의 폭염 속에 쓰러졌습니다.

저만 남게 됐습니다. 또다시 두려움이 엄습합니다. 3일만 하려고 했던 단식이었는데, 이젠 언제 끝날지도 모를 지경이 되고 말았습니다. 막막하고 답답합니다. 그래도 유민이 생각으로 버팁니다. 컴컴하고 차가운 물속에서 공포에 질리고 두려움에 사무쳐 '엄마! 아빠!' 절규하다 생매장이나 다름없이 죽어간 아이잖아요. 그 생각만 하면 통증이고 뭐고 없습니다. 피가 거꾸로 솟고, 분노와 슬픔이 없던 힘도 만들어냅니다. 정부에 대한 신뢰도 바닥이 나고 있습니다.

또 하나, 저만 남은 까닭이 제가 뭐 특별한 체질이라서가 아닙니다. 장점인지 단점인지 모르겠지만 제가 평생을 '깡다구'로 살아왔습니다. 단식도 깡다구로 버티는 것입니다. 일단 무엇인가를 하겠다고 마음먹으면 그게 힘에 부치고, 버거워도 어지간해선 물러서지 않습니다. 끝까지 갑니다. 깡다구로 말입니다.

어린 시절 두메산골엔 따로 놀 거리가 있지 않았습니다. 들로 산으로 뛰어다니거나 남자아이들은 힘겨루기 하는 게 다였죠. 우리 5형제도 그렇게 놀았습니다. 형제끼리 레슬링도 자주 했습니다. 형들보다 체구가 작아서 일단 시작하면 나자빠지기 일쑤지만 포기하는 법이 없었습니다. 형이 팔을 꺾고 항복을 요구해와도 눈물을 흘렸으면 흘렸지 절대 항복은 하지 않았습니다. 아파도 또 덤벼들고 또 덤벼들어서 형들이 두 손 두 발다 들 수밖에 없었죠.

신병훈련소 시절에도 그랬습니다. 저보다 덩치가 두 배는더 되어 보이는 동기가 자꾸 시비를 거는 겁니다. 피하다가 에라 레슬링이나 하자고 했죠. 역시 처음엔 힘이 달려 녀석이 저를 몇 번이나 메다꽂았죠. 그럴 때마다 벌떡 일어나 달려들었더니 결국 상대는 지치고 제가 완벽하게 제압을 할 수 있었죠. 지고는 못 사는 성격은 아니지만 지지 않으려고 끝까지 버티는 게 저라는 인간입니다. 그것을 저는 깡다구라고 하고요.

어느 날 형이 회초리로 저의 종아리를 때린 적이 있습니다. 형들과 터울이 아주 많이 지는 건 아니었지만 위계는 분명했습니다. 어머니께서 그렇게 만들었습니다. 형제끼리 싸우면복이 달아난다면서요. 행여 형제끼리 싸우다 어머니한테 걸리면 참으로 모질게 혼났습니다. 어머니는 아버지와 다르게 맺고 끊는 게 분명하셨죠.

그날 형은 엄청 회초리를 휘둘렀습니다. 종아리 살이 터져피가 흐르도록 말입니다. 제가 잘못했다는 말을 안 하니까 꽤씸해서 더 심하게 때렸나 봅니다. 그런데 저는 잘못한 게 없거든요. 얼마든지 아프다고 종종거릴 수도 있고, 빈말로 잘못했다 말할 수도 있었지만 그런 건 제 성격과 안 맞으니까요.

그래서 40일 넘게 단식농성을 할 수 있었던 겁니다. 늘 그렇듯이 저 같은 놈들이 끝까지 가게 돼 있습니다. 타고나길 그런 걸 어쩌겠습니까. 아이들이 바람이 되어 광화문 광장을 누빌지도 모르는데 누군가는 그곳을 지켜야죠.

대전에서 한 시민이 오셨습니다. 큰 쇼핑백을 건네주셨어요.

힘내라는 말만 겨우 하시고는 펑펑 우시며 가버리셨어요.

쇼핑백을 열어보니 노란 종이배 304개랑 편지 한 장이

있었어요.

편지를 펼쳐 봤는데 아무런 글도 없는 백지 편지.

가슴이 뭉클했습니다.

—단식 16일차 페이스북 일기에서

차라리 잘된 날

"유민 아빠, 샤워하러 갑시다."

"싫습니다."

"아이고, 그 고집 좀 꺾고 오늘은 내 말대로 하세요."

도철 스님이 제 팔을 잡고 끌고 가다시피 합니다. 저는 마지
못해 따라갑니다.

진상이 규명될 때까지 수염도 깎지 않고 얼굴만 씻고 목욕
도 하지 않을 생각이었습니다. 죄인이 목욕은 해서 뭐하겠습
니까. 그런데 도철 스님 고집도 만만치 않네요.

도철 스님은 유가족들이 단식농성에 들어가자 곧바로 동조
단식을 하신 분입니다. 도철 스님 같은 분들이 동조 단식의 길

을 열었던 거죠. 나중엔 이순신 장군 동상 주위가 동조 단식하시는 분들로 가득했습니다.

도철 스님은 산속에서 공부만 할 것 같은 인상이었습니다.

그렇지만 단식농성 내내 온화한 표정을 잃지 않았고 자세도 흐트러짐이 없었습니다. 스님은 제가 단식농성을 하루하루 이어가는 데 큰 힘이 되었습니다. 옆에 있어주시는 것만으로도 의지가 됐죠.

스님 따라 샤워를 하러 조계사로 가는 길은 유난히 힘들었습니다. 몹시 기분이 안 좋았거든요. 전날 재보선 결과 때문입니다. 야당이 참패를 했습니다. 누가 봐도 야당이 무기력하고 무능력했으니까요.

그렇지만 참사에 실질적인 책임이 있는 집권 여당의 압승은 받아들이기가 어려웠습니다. 이른바 세월호 피로감이라는 것 때문인가, 정말로 유가족이 너무하는 건가, 별별 잡념이 그치지 않고 괜히 위축이 됐습니다. 나약한 마음도 생겼고요.

유가족들은 지나가는 말이라도 보상이니 배상이니 특혜니 꺼낸 적이 없습니다. 그런 말을 하기엔 우리 아이가, 우리 가족이 죽어서 눈에 보이는 것도 없었고, 경황도 없었습니다. 그저 도대체 무슨 일이 벌어진 건지 아는 게 더 우선이었습니다.

지나가는 사람들이 다 유가족을 흉보는 것만 같았습니다.

주눅이 들어 길을 가는데도 눈치만 보게 되고요. 세월호 참사 진상 규명은 이제 다 물 건너가는 것만 같았습니다.

새벽에 선거 결과를 확인하고 내내 낙담하고 좌절해 있었습니다. 도철 스님 눈엔 그런 제 모습이 딱했나 봅니다. 아니면 지지리 궁상떠는 모습으로 보였는지도 모르죠.

여름 들어 가장 덥다는 날, 쉰내만 폴폴 풍기며 종로거리를 걸어갔습니다. 거울에 비친 제 얼굴과 알몸이 너무 낯설었습니다. 다른 사람이 서 있었습니다. 그나마 수염은 좀 어울리는 것 같습니다. 뜻밖으로 샤워 효과는 좋았습니다. 일단 아주 개운했습니다. 무겁기만 했던 껍질을 벗어버린 느낌이었습니다. 쉰내도 싹 가시니까 마음이 다 상쾌해졌습니다.

"어때요, 좋죠?"

"네, 스님."

제가 환하게 웃으니까 도철 스님은 벙긋 얼굴로 답합니다.

광화문 광장으로 돌아오는 길에 생각이 바뀌었습니다. 차라리 잘됐다, 무기력하고 무능력하고 안일하기만 한 야당만 믿다가는 죽도 밥도 안 될지도 모르니까, 싸우란 뜻이겠지, 오로지 특별법만 생각하란 뜻이겠지. 세월호 유가족이 문제가 아니라 야당이 문제였던 거야.

도철 스님이 샤워 하러 가자고 했던 뜻을 비로소 알겠습니

다. 숲 속에만 있던 저를 잠시 숲 밖으로 데리고 나간 거죠. 숲
을 보라고요.

사
람
들

많은 어른들이 세월호 참사 이후 말할 수 없는
자괴감과 죄책감을 갖게 됐다고 합니다.
내가 세월호 선장이었어도,
내가 해경이었어도,
내가 정부 관료였어도,
같은 행동을 하지 않았을까.
나도 얼마든지 가해자도 될 수 있다는 사실을
깨닫게 됐다는 것이죠.
그 충격과 죄책감을 못 견뎌서
눈물을 쏟는 것이라 합니다.

양평 바.꿈.세.(바람개비가 꿈꾸는 세상) 주부님들이
직접 받은 서명과 작성하신 편지를
광화문까지 오셔서 전달해주시며
힘을 내라고 응원해주시고 가셨습니다.

또 한 분은 단식하며 먹으라고 꿀과 편지를 가져오셨는데
제가 소금과 물만 먹어야 하기 때문에
꿀을 먹을 수 없다고 했더니
가슴 아프다며 펑펑 우시며 돌아가셨습니다.

너무도 고마우신 분들께서 매일 찾아오셔서
격려해주시고 응원해주셔서 진심으로 고맙습니다.
힘이 납니다.

— 단식 20일차 페이스북 일기에서

김복동 할머니

광화문 광장에 노란색이 물결칩니다. 노란 리본, 노란 바람
개비, 노란 현수막, 노란 깃발, 노란 옷, 노란 우산, 노란 대자
보…… 한여름 뜨거운 햇볕에 노란색이 더욱 노랗게 빛납니
다. 저렇게 빛나던 유민이는 지금 우리 곁을 떠났지만, 수많은
노란 병아리들이, 수많은 유민이 닮은 아이들이 광화문을 찾
아옵니다. 노란 물결 사이로 인파가 넘실댑니다. 사람들의 파
도입니다.

8월 들어서 광화문 광장을 찾는 사람들의 발길이 그칠 줄
모릅니다. 어떤 날은 오전에만 4백 명도 넘게 다녀갑니다. 많
은 분들이 저한테 와서 지지한다고, 응원한다고 따뜻한 말씀

건네고 가십니다. 한 마디, 한 마디가 다 힘이 되고, 의지를 살립니다. 정말로 용기백배하게 됩니다. 때문에 기운이 다 빠지고 다리가 후들후들 떨려도 꼭 일어서서 한 분, 한 분 정중하게 맞이합니다.

저야 어쩌다 유가족을 대표해서 기약 없는 단식농성을 하게 됐을 뿐입니다. 제가 아무리 목숨을 건다고, 깡다구로 버틴다고 하루아침에 특별법이 만들어지는 것도 아니고, 단박에 진상이 규명될 리는 없을 겁니다. 광화문 광장을 찾아주시는 시민들이 있기에 가능합니다. 시민들의 힘과 의지가 특별법도, 진상 규명도, 안전한 나라도 만들 겁니다. 그래서 광화문 광장의 노란 물결과 인파는 유가족을 강인하게 만드는 힘이고 희망입니다.

오전에 할머니 한 분이 찾아오셨습니다. 누군지 몰랐습니다. 아! 일본군 위안부 피해자 김복동 할머니였습니다. 제가 이렇게 무지렁이입니다. 사회와 담쌓고 살다시피 했으니 척 보면 딱 감을 잡을 줄도 알아야 하는데 영 눈치가 젬병입니다. 김복동 할머니는 우리나라 위안부 문제와 관련해 30년 넘게 일본과 싸워온 투사 중의 투사라고 합니다. 작은 몸집이지만 강인함과 범상치 않은 기운을 느낄 수 있었습니다. 이날도 일본대사관 앞에서 수요일마다 열리는 '일본군 위안부 문제 해결을 위한 정기 수요 시위'에 참석하는 길에 들렀다고 합니다.

이 시위가 벌써 1,138회째라고 하네요. 1992년 1월부터 시작해서 세상에서 가장 오래된 집회라고 기네스북에도 올랐다고 합니다. 거기에 비하면 저는 아무것도 아닙니다. 더 열심히, 더 이를 악물고 단식농성을 해야겠습니다.

김복동 할머니는 열네 살 때 일본군 위안부로 끌려갔다고 합니다. 유민이, 유나보다도 어린 나이에 말입니다. 평생 고통과 고난 속에 사셨지만 참으로 의연한 모습이었습니다. 가지런히 빗은 머리에 목소리도 맑고 걸음걸이도 가뿐하셨습니다. 연세가 여든아홉이란 게 도무지 믿어지지가 않을 정도입니다.

"굶지 말고 싸워라. 나 봐라, 이놈아. 내가 얼마나 싸운지 알아? 배불러야 싸우는 거야. 먹어가면서 싸우라고."

야무지면서도 정겨운 말씀이었습니다.

"네, 할머니도 건강하시고요. 오래오래 사세요. 좋은 나라, 안전한 나라 꼭 보셔야 하니까요."

그러더니 할머니는 봉투를 손에 쥐여주시는 겁니다. 후원금이랍니다.

그동안 세월호 유가족들은 성금이든 후원금이든 일체 받지 않았습니다. 단식농성장에서도 마찬가지입니다. 많은 분이 후원금을 내려 했지만 정중하게 거절했습니다. 행여 돈 때문에 저런다는 오해를 받고 싶지 않은 까닭도 있지만, 유가족한테는 무엇보다 진상 규명, 책임자 처벌, 재발 방지가 먼저이기 때문입니다.

저는 개인적으로도 도움을 받는 것을 유난스러울 정도로 싫어합니다. 공짜는 아예 손도 안 대고, 거들떠보지도 않습니다. 성격이 그렇습니다. 부득불 도움을 받게 되면 무조건 빠른 시일 안에 갚았죠. 군복무 중일 때 누나나 형이 용돈을 줘도 안 받았습니다. 오죽하면 누나와 형들이 저한테 주라고 어머니한테 돈을 드렸을까요. 제가 어머니가 주는 용돈만 받았거든요.

그런데 김복동 할머니가 주시는 후원금은 받았습니다. 온갖 수난을 다 겪으면서도 삶의 희망을 놓치지 않고 꿋꿋하게 살아오신 분입니다. 존경하는 마음에서라도 차마 물리칠 수가 없었습니다. 기꺼이 받았습니다. 제 어머니 생각도 났고요. 나중에 세월호 기념관이 생기면 그곳에 보관할까 합니다. 김복동 할머니는 죽으면 나비가 되어 자유롭게 훨훨 날아다니고 싶다고 하십니다. 그런 뜻으로 전쟁 중 성폭력 피해자를 지원하고 연대하기 위한 '나비기금' 발족에도 앞장서셨고요. 저도 세상과 적극적으로 교감하면서 살아야겠습니다. 함께하고 나누는 삶이 어떤 것인지 어렴풋이 느끼고 있습니다.

김복동 할머니는 나비처럼 오셔서 나비처럼 가셨습니다. 함박웃음을 남기고요. 유민이도 나비가 됐다면 지금 어디선가 날고 있을까요.

제 어머니의 함박웃음을 본 지도 꽤 오래됐습니다. 어머니는 강단이 있고 생활력도 강합니다. 어떤 상황에서도 흔들림이 없으시죠. 10여 년 전 암 판정을 받고 수술을 하고 나서도 언제 그랬냐 싶게 평소대로 생활하시는 분이죠. 아주 단단하신 분입니다. 좀체 눈물도 안 보이시고요.

어머니도 아주 펑펑 우실 때가 있습니다. 속이 까맣게 타들어 가도록 말입니다. 다 저 때문이었습니다. 평생 우신 것 중 90퍼센트는 제 탓일 겁니다. 어머니는 제가 6남매 중 막내인데다 형들에 비해 몸집이 작으니까 더 예뻐하고 애틋해하셨죠. 어머니는 저를 어릴 적에 천안으로 보냈습니다. 유학이었죠. 초등학교 5학년짜리를 말입니다.

천안엔 누님과 형님들이 있었죠. 누님은 당시 가난한 집 누이들이 대부분 그랬듯이 중학교를 마치자마자 생활전선에 뛰어들었습니다. 천안의 큰 공장에 취직한 것이죠. 돈을 벌면서 야간학교를 다녔습니다. 누님이 자리를 잡자, 중고교생들이던 형들이 천안으로 갔습니다.

당시 담임선생님이 어머니께 제 머리가 좋다고 말한 게 탈이었죠. 어머니는 쇠뿔도 단 김에 뺀다는 마음으로 저를 보낸 겁니다. 열심히 공부해서 판검사 되라고 말입니다. 그럼에도 철딱서니 하나 없는 꼬맹이를 보내놓은 게 영 마음에 걸리셨는지, 밤이면 밤마다 엄청 우셨다고 합니다.

천안의 누님이 자취하던 방은 단칸이었습니다. 단칸 셋방이 흔하던 시절이었죠. 거기서 4남매가 지냈죠. 추우면 방 한가운데 연탄불을 피웠죠. 방을 구할 때 가장 먼저 보는 게 다락이었습니다. 사내들이야 사는 데 딱히 어려움은 없었습니다만 누님은 고생은 고생대로, 불편은 불편대로 감수해야 했죠. 고향 집에선 쌀만 대줬으니까 나머지는 다 누님 책임이었죠. 그러다가 가출을 하게 됐습니다. 하라는 공부는 안 하고 말입니다. 어머니는 그게 다 당신 탓이라면서 또 눈물이 마를 날이 없었죠.

3년여 가출하는 동안 어머니는 날마다 매끼 제 밥을 따로 챙기셔서 아랫목에 묻어두었다고 합니다. 이제나저제나 막내가 돌아올 날만을 기다리면서요. 제가 가출하자 처음 몇 달 동안은 천안에 머무르면서 날마다 제가 다니던 학교에 가셨답니다. 제 책상에 앉아서 또 우셨고요. 제가 이혼했을 때도 한동안 우셨고, 6년여 잠수 탔을 때도 허구한 날 우셨고, 좀 살 만하자 이젠 유민이 때문에 우시고, 제 몰골을 보시고 우십니다.

어머니에게 웃음을 드리지는 못할지언정 눈물샘만 후벼 팝

니다. 참 못난 아들, 불효자입니다. 이번 일이 잘 마무리되면
어머니와 함께 살려고 합니다. 그간 못한 효도도 좀 하면서요.

○○여고 학생들이 오셔서 너무 슬프게 우셔서 마음이 너무
아팠어요.
우리 유민이와 같은 또래 아이들이 해맑게 웃고 꽃피울 때
왜 이렇게 슬퍼해야만 하는지…….

— 단식 32일차 페이스북 일기에서

/

공감

50대로 보이는 남성 한 분이 벌써 한 시간째 단식농성장 주위를 맴돌고 있습니다.

아마도 저한테 오시려는 것 같은데 자꾸 망설이게 되나 봅니다. 한 번에 발걸음을 하지 못하시는 분들이 종종 있습니다. 주로 중년 이상 되시는 남성분들입니다. 제가 시위니 농성이니 단식이니 이런 말과 상황에 낯설었던 것처럼, 그분들도 농성장을 찾는 게 생소하겠죠. 성인이 되고 처음 장례식장 갔을 때의 어색함과 민망함 같은 것이겠죠. 그렇게 맴돌다가 그냥 되돌아가시는 분들도 종종 봅니다.

중년 남성분들이 여럿이 함께 오시면 망설이거나 머뭇대시는 않습니다. 그런데 이미 농성장 몇십 미터 전부터 어깨를 들썩이고 눈물을 뚝뚝 흘리십니다. 다 큰 어른들이 마치 아이처럼 소매로 눈물을 닦으며 한 걸음, 한 걸음 오십니다. 막상 저와 대면해도 좀처럼 눈물을 멈추지 못하고 흐느끼기만 합니다. 결국 말은 한마디도 못 하고 손 한번 잡고 가시는 경우가 대부분입니다. 중년 남성분들 말고도 그저 한참을 울기만 하다가 가시는 분들이 적지 않았습니다. 울어야 할 사람은 나인데, 나보다 더 서글프게 웁니다. 제가 막 달래줘야 할 정도로요. 워낙 대형 참사이니까 그런가 보다 생각했는데, 나중에야 알았습니다.

많은 어른들이 세월호 참사와 이후 일련의 과정을 지켜보면서 말할 수 없는 자괴감과 죄책감을 갖게 됐다고 합니다. 내가 세월호 선장이었어도 같은 행동을 하지 않았을까, 내가 해경이었어도 같은 행동을 하지 않았을까, 내가 정부 관료였어도 같은 행동을 하지 않았을까. 내가 피해자도 될 수 있지만, 얼마든지 가해자도 될 수 있다는 사실을 깨닫게 됐다는 것이죠. 그 충격과 죄책감을 못 견뎌서 눈물을 쏟는 것이라 합니다.

이 시대를 살아가는 어른으로서 자책하는 것이죠. 다들 이런 마음만 같아도 세월호 참사의 진상은 벌써 규명됐을 겁니다. 한참을 맴돌던 중년 남성분이 드디어 저한테 옵니다. 저도 정중히 맞이하는데 다짜고짜 무릎을 꿇는 겁니다.

"조○○ 의원이 막말을 했더군요. 제가 대신 사죄드립니다. 우리 지역에서 그런 사람을 뽑아서 죄송합니다."

조○○ 의원은 국회 질의에서 "AI와 산불이 발생할 때도 청와대가 컨트롤타워가 되느냐"고 말했던 분이죠. 세월호 참사를 AI(조류 인플루엔자)에 비유한 것이죠. 또 "유가족이면 잘 계세요"라며 빈정거리는 말투로 언성을 높이기도 해서 비난을 받은 분이죠. 세월호 참사 관련 국정조사특별위원회 위원이면서 말입니다. 유가족의 입장에 서서 최선을 다하겠다는 말도 하신 분이 그런 식의 조롱이라니요. "닭 모가지를 비틀어도 새벽은 온다고 합니다" 그렇게 한마디 하고 말았습니다.

도대체 그 중년 남성분이 무슨 잘못을 했다고 제게 무릎을 꿇고 사과를 해야 합니까. 제가 다 미안합니다. 그분과 따뜻하게 악수를 나누고 곰곰이 생각해봅니다. 세월호 참사는 우리 사회 곳곳의 화장발을 다 지우고 민낯을 고스란히 드러내게 했습니다.

보통 사람도 아니고 의원들이 세월호 유가족들한테 막말을 하는 건 이해하기 어렵습니다. 누구보다 상황을 잘 아는 위치에서 말입니다. 사과도 안 하고요. 아니면 사과인 듯, 아닌 듯, 얼버무리는 식이지요. 그렇기에 사과를 하는 게 신기하기도 합니다. 역시 안○○ 의원은 공식 사과를 했죠. 제 단식농성을 비하하고 비아냥댔던 의원입니다.

"제대로 단식을 하면 그 시간을 견딜 수 있어? 벌써 실려 가야 되는 거 아냐? 제대로 하면 단식은 죽을 각오로 해야 돼, 병원에 실려 가도록…… 적당히 해봐야."

말인즉 제대로 단식을 했다면 제가 벌써 죽거나 죽기 직전이어야 한다는 것이죠. 사람이 물만 먹고도 꽤 오랜 시간을 버틸 수 있다는 사실을, 의사 출신이면서도 모르나 봅니다. 애써 외면하는 것일까요. 비난이 쇄도하니까 폄훼할 의도는 없었다, 죄송하다고 사과를 하더군요. 저한테 직접 와서 사과하겠다는 것을 거부했습니다. 사람들 눈을 피해 몰래 와서 사과하면 뭐합니까. 제가 아니라 세월호 유가족과 국민에게 사과를 해야 한다고 전했습니다. 결국 보도자료를 통해 사과했던 것이죠. 그게 사과냐고 분노하는 분들을 제가 달랬습니다. 사과한 게 어딥니까. 미안해할 줄 모르고, 잘못했다고 말할 줄 모르고, 반성할 줄 모르는 사회였기에 세월호가 침몰한 것이잖아요. 그 나름 큰맘 먹고 한 것이라 생각했습니다.

어느 날 저녁 어스름이 질 무렵에 할아버지 세 분이 오셨습니다. 이분들은 아예 큰절부터 하시는 겁니다. 제가 깜짝 놀라서 말렸는데도 아주 강경하시더라고요. 어쩔 수 없이 저도 맞

절로 맞이했습니다.

"모든 노인이 다 저 인간들 같다고 판단하지는 말게나. 우리는 유가족 편에 서네. 세상엔 별 인간도 다 있다고 생각하게. 괜히 휘둘리지 말고."

단식농성장에서 가까운 곳에 일부 단체들도 집회를 합니다. 하루도 거르지 않죠. 어르신들이 중심이 된 단체도 있는데 몇몇 분은 쉴 새 없이 막말과 욕설을 해댑니다. 차마 옮겨 적기 민망한 말들을 마구 퍼부어댑니다. 연세도 지긋하신 분들이 왜 그리 말이 사나운지 모르겠습니다. 처음엔 발끈하기도 했지만 시간이 지나니까 그저 안쓰러울 따름입니다. 왜 스스로 격을 떨어뜨리시는지, 찾아오신 할아버지들은 그런 행태가 몹시 부끄럽고 착잡하다고 합니다.

광화문 광장에서 단식농성을 하고 나서 참으로 다양한 사람들을 만나고 봅니다. 세상은 넓고 사람들은 그야말로 각양각색이더라고요. 전국 곳곳, 구석구석에서 광화문 광장을 찾아옵니다. 저를 보러 옵니다. 정말로 미안하고 고맙습니다. 여러분은 제게 위안과 용기를 주십니다. 반드시 보답하겠습니다.

슬픔에 잠겨 있는 유가족에게 〈아빠 힘내세요〉를 불러주고
응원해준 인천 ○○여중 1학년 1반 학생들 고마워요.

○○여고 2학년 ○○ 양은 4월 16일 이후 잊지 않겠다고 수차례
다짐했지만
시간이 흐르며 잊어버리고 4·16 이전과 똑같이 생활하다가
며칠 전 제 이야기를 뉴스에서 보고 정신이 번쩍 들었고,
아직 아무것도 끝나지 않았음을 깨달아
어떻게 하면 힘을 보탤 수 있을지 고민하고 있다고 했습니다.

○○ 양! 세월호 참사를 잊지 말고 기억만 해주어도
우리에게는 큰 힘이 됩니다.

— 단식 33일차 페이스북 일기에서

아빠, 힘내세요

 살면서 꼭 해보고 싶은 게 있었습니다. 유민이와 유나는 노래를 잘 부릅니다. 제가 기타를 연주하고, 그 반주에 두 녀석이 노래를 부르는 거죠. 생각만 해도 기분 좋은 상상입니다. 이젠 그 상상조차도 못 하게 됐다는 현실에 가슴이 쿵 무너지지만요.

 어릴 적 제 꿈은 미술이나 음악 쪽에서 일하는 것이었습니다. 그림 솜씨가 좋은 편이었고, 무엇보다 손으로 뭔가를 만드는 것이나 조각하는 것을 잘했습니다. 중학교 시절 비누만 주면 구사한 작품 하나 뚝딱 만들어냈죠. 구리선을 구부려서 뭔가를 만들기도 했고요. 버려진 구리선을 찾아다니느라 동네방

네 다 뒤지고 다녔죠. 만든 것들은 친척이나 마을 어른들이 냉큼 집어 가더라고요. 담임선생님도 얼른 챙기셨고요. 지금도 책걸상이나 탁자 같은 것은 사는 것보다 제가 직접 만드는 게 훨씬 낫습니다.

제 눈썰미와 손재주는 돌아가신 할아버지를 닮았다고 합니다. 할아버지는 명필이었다고 하고, 예술적으로 다재다능하셨고요. 친척 중에도 예술적 끼를 가진 사람들이 여럿 있죠. 예술고등학교(예고)에 가고 싶어서 발품을 팔아 알아봤지만 가난한 산골의 아이가 진학하기엔 언감생심이었죠. 결국 취업 등등의 이유로 공고에 들어갔지만 적성에 맞을 리가 없으니 다니는 둥 마는 둥 할밖에요. 그러다 마음 맞는 친구끼리 밴드를 하나 만들었습니다. 불처럼 어울리자는 뜻에서 '불무리'라는 이름을 지었죠. 저는 드럼을 쳤습니다.

당시 누님을 돕겠다는 마음이 공부보다 컸습니다. 새벽부터 밤늦게까지 일하는 데다, 동생들도 챙겨야 하는 누님이 너무 안쓰러웠거든요. 그래서 중학생 시절엔 저도 새벽엔 신문 배달 일을 했고, 저녁엔 밥도 하고 빨래도 했습니다. 그러다 고등학교에 진학한 뒤에는 밴드 생활이 전부였죠. 가출한 것도 밴드 활동 때문이었습니다. 등록금을 잠시 밴드 활동에 전용한 게 들통나서 형한테 심하게 꾸지람을 듣던 날 무작정 집을 떠났습니다. 큰 결심이라도 했다는 듯이 혈서 하나 달랑 써놓고 말입니다.

'훌륭한 사람이 되면 돌아오겠습니다.'

군 복무를 마치고 나서도 잠시 밴드 생활을 했습니다.

그때는 기타를 연주했죠. 기타 학원 원장님을 알게 된 게 밴드까지 이어졌습니다. '키 큰 소나무'란 밴드에서 기타를 맡게 됐습니다. 고향인 정읍에서 공연을 했고, 수익의 일부는 장학금으로 기부한다는 포부도 있었습니다. 그렇지만 장학금은커녕 밥벌이도 안 되는 바람에 얼마 못 가 해체되고 말았죠. 짧았지만 제 인생 중 가장 행복했고 평화로웠던 시간이었죠. 원장님과는 아삼륙이 되어 형과 아우로 지내며 진정으로 하고 싶었던 음악을 만끽하던 시절이었으니까요. 이 형님과는 10여 년 전에 소식이 끊겼는데 단식농성 덕분(?)에 다시 만나게 됐습니다. 형님이 저를 알아보고 연락을 해온 것이죠.

그 시절엔 밤에 공부도 했습니다. 검정고시를 준비한 거죠. 당시만 해도 고졸 자격이 안 되면 작은 공장조차 들어갈 수 없었거든요. 꽤 열심히 공부했습니다. 그 덕에 텅 비었던 머리가 좀 채워졌고요. 부모님은 제가 '딴따라' 짓 한다고 아주 못마땅해하셨죠. 판검사는 아니더라도 안정된 직장 생활을 바랐었으니까요. 어느 날 부모님을 공연에 초대했습니다. 죽어도 안 가시겠다는 것을 겨우겨우 달래서 모셨습니다.

공연이 끝났는데 두 분 표정이 완전히 달라지셨더라고요.

"영오야, 너 하고 싶으면 해라. 너한테 맞는 거 같구나."

제 연주가 듣기 좋았다고 흔쾌히 '딴따라'로 살아가는 것을 인정하신 거죠. 그런데 참 희한하게도 그 말을 듣는 순간 밴드 생활을 접어야겠다는 생각이 들었습니다. 제가 청개구리 성격이 아닌데도 말입니다. 아마도 인정받은 것으로 충분히 만족했던 것 같습니다. 어차피 인기도 없었고 흥행도 안 됐고요. 음악도 돈이 있어야 할 수 있다는 생각에 생업 전선에 뛰어들었고 지금에 이르렀습니다. 그때 밴드를 접지 않고 계속했다면 제 인생은 전혀 다르게 흘렀겠죠.

그날 이후 기타도 잡지 않았고, 그림도 그리지 않았습니다. 시간도 없었고, 무엇보다 마음의 여유가 없었습니다. 억지로 짬을 내서라도 기타도 치고, 그림도 그릴 걸 그랬습니다. 두 딸 데리고 기타 치면서 노래도 부르고, 유민이와 유나 초상화도 그려주고 말입니다. 두 아이 피규어도 만들 수 있었을 텐데요.

돈벌이한다고 검정고시도 치르지 못했습니다. 그렇다고 떼돈을 번 것도 아니고 늘 쪼들리고, 쫓기기만 했지요. 이번에 깨달았습니다. 다음 기회란 언제 올지 모른다는 것을요. 할 수 있을 때 하지 않으면 영원히 못 할 수도 있다는 것을요. 특별법 마무리가 잘 되면 지난날과 다르게 살 것입니다. 밥도 세 끼 꼬박꼬박 잘 먹고 건강을 잘 챙길 겁니다. 그래야 유나와 오래오래 많은 시간을 가질 수 있으니까요. 제가 가진 재주를 다 보여주면서 말입니다.

단식농성장에 찾아오셔서 노래를 부르거나 연주를 하시는 분들이 많습니다. 아이들이 손잡고 와서 〈아빠, 힘내세요〉 합창을 하기도 합니다. 때론 가슴이 복받치기도 하고 때론 마음이 푸근해지기도 합니다. 이 순간이 제겐 치유의 시간이 아닐까 싶습니다.

광화문 광장엔 저녁마다 작은 콘서트가 열립니다. 노래도 부르고 연주도 합니다. 그렇게 두어 시간 보내고 돌아갑니다. 제겐 힘이 되고, 위로가 되는 시간이죠. 노래와 연주를 들으면서 마음을 추스르고 하루를 정리하기도 합니다. 김인영이란 분은 사람들을 모아 세월호 추모 뮤직비디오를 만들었습니다. 〈0416 잊지 않을게〉라는 제목입니다. 본인이 직접 작사와 작곡도 하셨고요. 참 아름다운 선율이고 고운 노래인데, 참 슬픕니다. 눈물을 펑펑 흘리면서 봤습니다.

노랫말이 하도 좋아 옮겨봅니다.

0416 잊지 않을게 (김인영 작사, 작곡)

어떤 말, 어떤 인사

네게 꺼내야 할까

이젠 소용없지만 잘 가

네가 서운해해도

이해할 수 없어도

조금만 헤아려줄래

내겐 너의 미소가

내겐 너의 눈물이 전부였어

그것만 기억해

이젠 저 하늘이 품은

너의 작고 고운 세상이 내겐

전부겠지만

널 잊지 않을게

너를 기억할게

두려움에 떨던 널 지켜주지 못한 나지만

우리 기억 속에서 함께 살아가자

사랑하며

추억 속에 이 손 놓지 말자

내겐 너의 목소리

네가 걷던 그 길이 소중했어

그건 기억해줘

이젠 저 바다가 품은

너의 작고 고운 세상이 내겐

전부겠지만

널 잊지 않을게

너를 기억할게

두려움에 떨던 널 지켜주지 못한 나지만

우리 기억 속에서 함께 살아가자

사랑하며

추억 속에 이 손 놓지 말자

작은 부탁 하나만 할게

네가 그리워질 땐

나의 꿈속에 찾아와줄래

널 잊지 않을게

너를 기억할게

두려움에 떨던 널 지켜주지 못한 나지만

우리 기억 속에서 함께 살아가자

사랑하며

추억 속에 이 손 놓지 말자

잊지 않을게

너를 기억할게

두려움에 떨던 널 지켜주지 못한 나지만

우리의 기억 속에서

뜨거운 가슴속에 함께 살자

언제나 함께 걸어가줄게

지켜봐 줘

딸바보 딸부자

"제가 딸이 돼드릴게요, 아빠."

하루에 두세 번 이상은 이런 말을 듣습니다. 말이 채 끝나기도 전에 감정이 복받쳐 눈물이 핑 돕니다. 어떤 날은 나도 모르게 한참 동안 헤벌쭉 웃기도 하고요. 이토록 고마운 말이 또 어디 있겠습니까. 저 같으면 생면부지의 사람한테 아들이 되어드리겠다고 못 할 겁니다. 정말 아낌없이 주는 사랑입니다. 그 사랑을 받을 때마다 제가 얼마나 이기적이었는지 반성합니다.

딸이 되겠다고 서슴없이 말합니다. 다 큰 숙녀도 있고, 갓 걷기 시작한 꼬맹이도 있습니다. 다 유민이 닮은 것처럼 보입니다. 갑자기 수십 명의 딸이 생긴 겁니다. 아이들은 와서 볼에 뽀뽀를 하고 갑니다.

"아빠, 사랑해요."

"아빠, 힘내세요."

"아빠, 죽지 마세요."

문득 유민이가 처음 제 볼에 뽀뽀하던 날이 떠오릅니다. 방긋방긋 웃으며 침을 묻혔죠. 어느 부모도 그런 기억을 잊지는 못하죠. 그런 기억은 몸도 기억해서 마음이 그리워하면, 몸도 그리워하고, 마음이 울면 몸도 울죠.

유민이는 아빠와 팔짱을 끼고 걷는 것을 좋아했습니다. 만나자마자 팔짱부터 낍니다. 때론 뒤에서 제 허리를 껴안고 기차놀이 하듯이 따라왔습니다. 아빠 팔베개를 하는 것도 몹시도 좋아했고요. 유나도 그랬습니다. 딸들이 사춘기에 접어들면 손도 못 잡게 해서 서운했다는 다른 아빠들의 말도 많이 들었는데, 저의 두 딸은 거리낌 없었죠. 이혼하고 1년에 몇 차례 못 만나다 보니 아빠의 체취나 손길이 그리웠나 봅니다. 돌이켜봤자 다 부질없는 짓이란 거 알면서도 자꾸자꾸 옛날 일이 떠오릅니다.

수십 명 딸들을 위해서라도 정말, 정말 열심히 살아야겠습니다. 수십 명 딸들을 위해서라도 안전한 나라 꼭 만들어야겠습니다. 저의 단식농성이 세월호 참사를 넘어 안전한 나라로 가는 징검돌이 된다면 더 바랄 게 뭐 있겠습니까. 그렇게만 된다면 유민이도 나비처럼 자유롭게 훨훨 날아다니겠죠.

○○이도 딸이 되겠다고 찾아온 아이입니다. 누구보다 절절한 마음으로 다가왔습니다. 그 마음을 받아들였습니다. 지금은 누가 봐도 딸처럼 굽니다. 틈틈이 저를 도와주고 조언도 해주고 있죠. 그 아이가 딸이 되겠다고 보낸 편지입니다.

아빠, 아빠 딸 ○○이에요.

도대체 어찌해야 아빠께 조금이라도 힘이 될 수 있을까…… 고민한 끝에, 이제부터 영원히 아빠 딸이 되고자 해요.

그리고 남은 제 삶을 아빠께, 유민이에게, 선물하고자 해요.

그 약속을 하러 왔어요.

제겐 여기까지 오는 길이 쉽지 않았어요. 대학에서 선배들의 가혹 행위에 시달리다 꿈도 포기한 채 자퇴한 후로는 집 밖에도 잘 못 나가고, 인간관계도 못 맺거든요.

2년이 넘는 시간을 그렇게 보내고 있어요.

그런데도 오늘 뵈러 올 수 있었던 이유는, 우리 아빠니까요…….

아빠께 너무 죄송하게도, 저는 아프게 살았어요.

조금 크고 나서부터는 아픔을 찾아다니는 아이처럼 아프게 살았어요.

그리고 지금은 아픔을 찾아다니며 살아요, 나의 아픔을 치유하기 위해.

다른 사람의 아픔을 안아주는 것 외엔, 더 이상 제 삶에 의미 있는 일도 없고요.

아빠, 저는 진심을 다하면 사람들은 변하리라, 아직도 믿고 있지만…… 혼자 힘으로는 그 어떤 것도 바꿀 수 없단 걸, 잘 알아요.

그래서 우리는 아프기 때문에 함께해야 한다고 생각해요.

그래야만이, 우리와 같은 아픔을 반복하는 사회를 바꿀 수 있다고 생각해요.

최선을 다해 살게요.

앞으로 평생을 아빠 앞에, 유민이 앞에, 부끄럽지 않게 살게요.

언제까지나 함께할게요.

아빠, 그리고 내 동생 유민아,

사랑해.

그리고 미안해······.

— 아빠의 딸이자 유민이의 언니, ○○ 올림

어제는 비가 와서 세종문화회관으로 와서 쉬고 있는데
이동수 작가님께서 오셔서 저와 제 사랑하는 딸 유민이의
캐리커처를 그려주셨습니다.

　　　　　　　　　　　　　　　— 단식 21일차 페이스북 일기에서

예술인

지금까지 살면서 만난 사람들보다 광화문 광장에서 40여일 단식농성 하면서 만난 사람들이 백배는 더 될 겁니다. 평소 같으면 '감히' 만날 엄두도 못 낼 높으신 분들도 있고, 서로 너무도 다르게 살아서, 또는 지리적으로 너무 떨어져 살아서, 살면서 만날 가능성의 확률이 0인 사람들도 많았습니다. 격이 다르고 결이 다르고 깜이 다른 분들을 만나면서 시야가 넓어지고 생각이 깊어졌습니다.

박재동 화백은 단식농성 내내 유가족과 제게 큰 힘과 의지를 주셨습니다. 세월호에서 참혹하게 죽어간 아이들을 캐리커처로 그려서 가족들에게 전달하셨죠. 한 아이도 빠짐없이 말입니다. 부모님들이 그 그림에 볼을 부비고 눈물을 쏟습니다.

가라앉는 세월호를 저의 모습에 빗대어 그린 걸개그림 〈유민아빠〉도 엄청난 감동이었습니다. 지금의 상황이 저 '유민 아빠'까지 죽음의 바닷속으로 가라앉게 만든다는 의미였죠. 현실을 아주 정확히 잡아낸 그림입니다.

박재동 화백의 그림을 보면서 힘든 40여 일을 버틸 수 있었습니다. 박재동 화백은 후배 만화가 140여 명과 함께 동조 단식도 하고 세월호 추모전도 열었습니다. 세월호 추모전은 전국 순회 중이기도 합니다.

프랑스 만화가 엠마뉘엘 르파주 작가님도 광화문 광장에 오셨습니다. 세월호 아이들을 상징하는 얼굴을 남기고 가셨죠. 유가족들과 공감하고 연대하려는 마음을 느낄 수 있었습니다. 저도 어릴 적엔 그림을 많이 그렸고, 여태껏 보관하고 있는 것도 여러 점 됩니다. 나이 들어선 손도 안 댔지만 언젠가 다시 그림을 그릴 날이 오겠죠. 그때는 기억을 더듬어 유민이도 그리고, 유나의 그림도 그려볼까 합니다.

극장이나 TV를 통해서나 볼 수 있었던 영화인들도 세월호 유가족들에게 힘과 도움을 주었습니다. 영화인 1,123명이 철저한 진상 규명이 보장된 세월호 특별법을 요구하는 성명서를 발표했고, 일부는 동조 단식에 들어갔습니다. 우리와는 전혀 다른 세계에 사는 사람들처럼 느꼈었는데 스스럼없이 우리 곁으로 왔습니다. 연대가 무엇인지, 연대의 힘이 어떤 것인지 가슴으로 온몸으로 알 수 있었습니다. 현실과 맞닿아 있을 때 예술도 힘이 생기고 의미가 있다는 것도 깨달았습니다.

희망의 길

본래 땅 위에는 길이 없었다.

걸어가는 사람이 많아지면, 그곳이 큰길이 되는 것이다.

좋은 글귀를 하나 봤기에 머릿속에 잘 저장시켰습니다. 마치 요즘 광화문 광장을 빗댄 것 같아서 더욱 마음에 와 닿았습니다. 처음 이 광장에는 저를 포함해서 유가족 다섯 분밖에 없었죠.

하루가 지나고, 이틀이 지나면서 사람들이 찾아오고, 어떤 분들은 동조 단식에 들어가기도 했습니다. 며칠 지나서는 충청도, 경상도, 제주도, 전라도 할 것 없이 전국에서 사람들이 몰려들었습니다. 갓난쟁이부터 백발의 어르신, 남녀 가리지 않고 광화문 광장으로 발길이 이어졌죠. 여행 중인 외국인도 굳이 찾아왔고, 병중인데도 어려운 발걸음을 하신 분도 있었습니다.

50대 남성분이었습니다. 배에 호스를 꽂은 데다 붕대를 칭칭 감고 겨우겨우 찾아오신 겁니다. 혼자서 땀을 뻘뻘 흘리면서요. 수술을 하고 아직 입원 중이었는데 말입니다.

"누워서 TV를 보는데 너무 마음이 아파서요. 가만히 있을 수가 있어야죠. 직접 봐야 조금이라도 마음이 나아질 것 같아서 왔습니다."

잠시 집회에 참석했다가 농성장으로 돌아오니 한 부부가 꽃다발을 전해줬습니다. 참 예쁜 꽃다발이었습니다. 고맙다고 고개 숙여 인사를 하는데 남편분이 두 발에 깁스를 한 게 보이더군요. 아내와 지팡이에 의지해 찾아왔답니다. 절로 한숨이 쏟아졌습니다. 사람들의 마음은 이렇게 눈물 나게 감동적인데 어째서 정부와 정치권은 저 모양인지…….

그렇게 광화문 광장엔 길이 생겼습니다. 세상 사람들이 와서 길을 만든 겁니다. 그 길은 세월호에서 억울하게 죽어간 304명을 추모하는 길이고, 더 이상 이런 일이 있어서는 안 된다며 진상 규명과 책임자 처벌, 재발 방지를 요구하는 길이고,

안전한 나라를 바라는 길인 것입니다. 누구도 이 길을 막거나 지우개로 지우듯이 없애버릴 수는 없을 겁니다. 희망의 길이니까요.

사람들 때문에 제가 위로와 위안을 받고, 힘과 용기를 얻고, 희망을 갖게 됐습니다. 배고픔의 고통은 이제 아무것도 아니고, 죽음의 공포도 얼마든지 맞설 수 있습니다. 그런데 이런 일도 생겼습니다. 저 때문에 위로와 위안을 받고, 힘과 용기를 얻고, 희망을 갖는 분들이 있다는 겁니다.

학교나 직장에서 왕따를 당하고 삶의 의욕을 잃었던 분들, 가정이나 사회에서 버림받거나 학대를 당해서 극단적인 생각을 하고 있던 분들, 큰일을 겪고 매우 혼란스러워하던 분들 등등 매우 힘들고 고통스러운 하루하루를 보내던 분들이었습니다. 이분들이 제 모습을 보고 마음이 바뀌었다는 겁니다. 어쩌면 자신들보다 더 힘겨운 처지인데도 좌절하지 않고 목표를 향해 단식농성까지 하며 전력을 다하는 모습에 다시 살아보자는 의지가 생겼다는군요.

신선한 충격이 이런 느낌일까요. 저의 행동이 전혀 예상치 못한 쪽에 영향을 준다는 건 상상도 못한 일이었습니다. 더구나 사람들이 저 때문에 삶의 희망을 찾았다니요. 저같이 별 볼일 없는 인간한테 말입니다. 사람들은 서로 어울리고 함께하면서 서로한테 긍정적인 영향을 준다는 얘기를 들었습니다. 이번 단식농성을 하면서 직접 경험해보니 그 말의 의미를 확실히 알 것 같습니다.

단식농성장을 찾는 분들 중엔 처음 보는데도 터놓고 자기 이야기를 하시는 분들이 있습니다. 살아온 이야기, 지금 겪고 있는 어려운 상황, 부모나 자식들 이야기 등등 서로 주거니 받거니 이야기하다 보면 같이 울기도 하고, 웃기도 합니다. 짧은 시간 동안이지만 그렇게 이야기를 나누고 나면 뭔가 새로운 느낌이나 기운을 얻기도 합니다. 그게 공감하는 일이고, 영향을 주고받는 일이란 걸 알았습니다. 그게 또 사람 사는 방식이라는 것도 알았습니다.

지금까지 저는 세상 속으로, 사람 속으로 들어가지 못하고 겉돌기만 한 것 같습니다. 성장 과정이라든지, 가방끈이 짧다든지 하는 것에 너무 위축되어 스스로 발목을 잡지 않았나 싶습니다. 제가 워낙 똥고집이라 더 그랬을 겁니다.

제 똥고집 얘기하면 어머니가 늘 말씀하시는 일화가 하나 있습니다. 어릴 적에 제가 심하게 아팠을 때랍니다. 하도 심상치 않아서 어머니가 삼계탕을 끓여주셨습니다. 그런데 전 가족들과 다 함께 먹어야 한다고 입도 대지 않았답니다. 어머니가 애가 타서 하루 종일 제 옆에서 수저를 들이대도 입을 앙나

문 채 꿈쩍도 안 하면서요. 어머니가 속상한 나머지 (어머니 표현에 따르면) 이를 박박 갈면서 욕도 하고 몇 번이고 등짝을 후려쳐도 막무가내, 결국 어머니가 지셨죠. 가족들과 다 함께 먹었답니다. 어머니 생각은 눈곱만큼도 안 하고 내 생각만 한 것이죠. 가출을 오래하게 된 것도 고집 때문이죠. 훌륭한 사람이 되면 돌아가겠다고 호기 있게 혈서도 썼으니, 빈손으로 돌아가는 게 싫었던 것이죠.

단식농성 하면서 수많은 사람들을 만나면서 이제야 철이 드는 모양입니다. 제가 말입니다. 깡다구는 버리지 않아도 고집은 좀 꺾어야겠습니다. 편지 하나를 소개하겠습니다. 제 모습을 보고 삶의 목표가 생겼다는 대학생입니다.

안녕하세요.

저는 현재 ○○대학교 학생입니다.

세월호 사건을 보며 남 일 같지가 않다고 처음으로 느꼈습니다.

저 역시 올해 초 마우나리조트 붕괴사고로 친구 한 명을 잃었고, 그 장소에 제 친구들이 많이 있었기 때문입니다.

저는 그곳에 가지 않았지만, 그 사건은 저에게 협소한 시야를 넓혀주는 계기가 됐습니다.

세상에서 일어나는 갖가지 사건 사고가 바로 우리 이웃의 일이고, 나에게도 일어날 수 있는 일이라고 처음으로 알았습니다.

그렇기에 저에게 세월호 사건은 큰 의미를 가집니다.

(……)

어떤 의원의 발언 중에 "세월호 참사는 교통사고다"라는 말이 있습니다.

물론 어떻게 보면 사고라고도 볼 수 있을 것입니다.

해상에서 일어난 예측하지 못한 사고.

하지만 그 과정에서 일어난 일은 살인이며, 또한 교통사고라고 해도, 진상 규명을 할 필요가 없다는 말은 말도 안 되는 헛소리입니다.

왜냐하면 자동차 회사도, 교통안전본부도, 최대한 교통사고를 막기 위해 많은 대책들을 세우고, 대비를 철저히 하고, 다시는 이러한 일이 일어나지 않도록 진상 규명을 철저히 합니다.

왜냐하면 매일매일 일어나는 한 건 한 건의 교통사고도 피해자나 유족들의 마음에 지울 수 없는 큰 상처를 만든다는 것은 분명한 것이니까요.

그런 교통사고를 과소평가하고, '진상 규명을 할 필요가 없다'라고 말하는 것은 인간의 예의를 저버린 자만이 할 수 있는 발언입니다.

고위 공직자들의 인격 수준이 조금만 더 높고 사람에 대한 예의를 조금만이라도 더 갖추고 있었어도 가족분들의 마음이 이렇게까지 아프진 않았을 겁니다.

(……)

저 역시 부모님이 아무리 돈을 많이 벌으셔도, 값비싼 정신과 치료를 해줘도, 유명인들을 많이 소개시켜줘도, 제 마음은 늘 텅 비어 있었습니다.

도저히 채워지지 않았습니다.

그들의 마음은 하나도 갱생되지 않았기 때문입니다.

하지만 그럼에도 불구하고 유가족분들의 노력은 헛되지 않았습니다.

왜냐하면 무관심했던 저의 마음이 움직였기 때문입니다.

저는 결심했습니다.

반드시 세상의 슬픈 사람들의 마음을 구제하겠다고.

그저 무의미하게 하루하루를 살아갈 뿐이었습니다.

하지만 이제 목표가 생겼습니다.

그것을 만들어주셨습니다.

제 인생을 바꿔주셔서 감사합니다.

사망한 학생들은 모두 우리 눈에 보이지 않는 것뿐이지, 우리 곁에 있습니다.

그리고 비록 몸은 사라졌지만 그 숭고한 희생으로 우리와 함께 움직이고 있습니다.

그들을 잊어서는 안 됩니다.

왜냐하면 죽은 자는 기억으로밖에 살아갈 수 없으니까요.

우리가 기억하는 한, 그들은 영원히 살아 있습니다.

저는 〈추적자〉라는 드라마를 보면서 죽은 제 친구 생각이 났습니다.

사건은 이미 터졌지만 주인공 아버지는 끊임없이 노력해서 삭막한 세상에 죽은 딸의 영혼을 계승해 널리 아름다운 꽃을 피우게 했습니다.

저 역시 죽은 친구를 대신해 그렇게 살아야겠다는 생각을 했습니다.

죽었다고 해서 꿈을 못 이루게 되면 너무 억울하니, 제가 그 영혼을 대신 계승해서 대신 꿈을 이루어주겠다고요.

그래서 만약 오랜 세월을 돌아 그 아이가 다시 탄생을 한다면, 그때는 평생 아무 걱정 없이 꿈을 이룰 수 있게 해주려고요.

그런 세상을 만들고 싶다고 생각했습니다.

시간은 아무것도 해결해주지 못합니다.

시간이 아무리 흘러도 사람이 바뀌지 않으면 소용이 없습니다.

그러니 해내신 겁니다. 사람의 인생을 바꾸셨습니다. 제 인생을요.

(……)

그러므로 끝까지 자식을 위하는 모습에 감사합니다.

—○○○

맨 앞에 소개한 글귀는 중국의 루쉰이 쓴 단편소설 「고향」에 나온다는군요. 루쉰은 중국의 대문호이자 혁명가라고 합니다. 한자로 노신이라 하니 그제야 알겠더라고요. 워낙 유명한 사람이니 이름은 익히 들어봤죠. 책은 읽어본 적이 없지만요. 평생 소신을 꺾지 않았던 강철 같은 분이라는군요. 나중에 그분의 책을 꼭 읽어봐야겠습니다.

이 글귀는 희망에 대한 것이라 합니다,

희망이란 본래 있다고도 할 수 없고 없다고도 할 수 없다. 그것은 마치 땅 위의 길과 같은 것이다.

본래 땅 위에는 길이 없었다.

한 사람이 먼저 가고 걸어가는 사람이 많아지면
그것이 곧 길이 되는 것이다.

/

상생

수감 생활을 하던 청년이 세월호 특별법 제정을 요구하며
두 달여 간 단식을 하다 신부전증으로 쓰러졌습니다. 병원으
로 후송되어 치료 중이나 여전히 단식을 하고 있다는군요. 청
년의 어머니가 단식을 멈추게 해달라고 도움을 요청해 오셨습
니다. 아들이 잘못되면 당신도 죽어버리겠다고 눈물로 호소하
십니다. 제가 면회를 가려 했으나 위중한 상태라 불가하다 하
여 손 편지를 써서 보냈습니다.

조○○ 군 소식을 오늘 처음 들었어요.
그 힘든 감옥 생활 중에 세월호 특별법을 위해 두 달이나

단식을 하고 있다는 소식을 듣고 너무 놀랐어요.

우리 유가족을 위해 그렇게 목숨이 위태로울 정도로 애써줘서 정말 고마워요.

그러나 조○○ 군 이제 단식을 멈춰주세요.

나는 이번 사고로 유민이를 잃었어요.

너무 아까운 귀한 딸이었는데.

자식을 잃는 고통이 얼마나 큰지 알아요?

그래서 조○○ 군 잘못될까 봐 어머니께서 얼마나 고통스러워하고 계실지 알겠어요.

더 이상 자식 잃는 부모 없게 하려고 특별법 만들려고 하는 건데 이거 때문에 조○○ 군 잘못되면 나는 더 이상 싸울 수 없어요.

제가 단식을 중단한 것도 그것 때문이었어요.

제 어머니와 남은 딸이 저 잘못될까 봐 무서워하고 울었어요.

그리고 조○○ 군 아직 갈 길이 멀어요. 오랜 싸움이에요.

그래서 끝까지 싸우려면 슬프고 힘들면 안 되고, 웃어야 하고 건강해야 해요.

그러니 단식을 멈춰주세요.

그리고 밥 먹고 힘내서 감옥에서 열심히 공부하고 준비

해주세요.

그게 우리 도와주는 거예요.

다시 밥 먹는다는 소식 기다릴게요.

그리고 출소하면 같이 맛있는 것 먹으러 가요.

복식 잘하고 건강한 모습으로 웃으면서 만나요.

정말 고맙습니다.

다행히도 편지를 읽은 조○○ 군이 단식을 멈췄다고 합니다.
조군의 어머니께서 답장을 보내오셨습니다.

먼저 감사드립니다.

우리 ○○가 유민 아빠의 편지 도움으로 미음을 먹기 시
작했습니다.

제가 미음을 조금씩 먹이니 속 쓰리고 아프다 하네요.

이제부터 겪어야 할 고통의 시작이겠죠.

갖은 설득 회유 협박 끝에 이제 맘먹은 것 같기에 머리도
감기고 면도도 시키고 좁은 병실 화장실에서 목욕도 시켰습
니다.

그 앙상한 몰골, 엉덩이는 등 밑으로 들어가 잘 만져지지
도 않고 뱃가죽 등가죽은 붙어 있어 씻기는 내내 속으로 피

울음을 삼켰습니다.

조금 서 있었다고 금방 어지럽고 힘들다 하네요.

남들은 지 생명이 위태로울 지경이라 그리 말해도 지는 특별법 타결될 때까지 아직 견딜 수 있다 고집 피운 걸 부산 입석 기차 타고 내려오면서도 다시 번복하지 않기만 빌었습니다.

세월호 사고 후 저도 누구보다 가슴 아파하고 울분에 찼었지만 근래엔 정말 정치권부터 모두 다 원망스럽기만 했었던 적도 있었습니다.

다행히 이제라도 회복식을 먹게 되었지만 신부전도 잘 치료되고 제대로 잘 회복되길 바랄 뿐입니다.

그러나 영어의 몸이라 부모가 해줄 수 있는 게 없어 답답하고 가슴만 칠 뿐입니다.

아직 1년 정도를 더 있어야 하는데 합병증이 없길 바랄 뿐입니다.

그래도 유민 아빠 편지가 많은 도움이 되었습니다.

모쪼록 이런 노력의 결과가 부디 좋은 결론으로 도달할 수 있길 진심으로 기도 드립니다.

가족 모두 모두에 밝은 햇살이 비치고 건강하시고 행복하시길 바라면서 다시 감사드립니다.

기자회견한 대로 오늘 청와대로 갔습니다.

오전에 가니 청와대 행사로 일반인 다 통제한다고

경복궁 돌담길 중간부터 막더군요.

무슨 행사냐니까 대외비래요.

알고 보니 새누리당 중앙위원 오찬 행사였어요.

돌아왔다가 오후에 다시 갔어요.

예전처럼 끝까지 못 가게 하고 청와대 분수에서 길을 못 건너게

막네요.

외국인 관광객, 일반인들은 다 가는 길을요.

경찰에게 물었습니다.

"내가 길 건너가는 것을 막는 근거가 무엇입니까.

법을 말해보시오."

그랬더니 대통령 경호법이라 하더군요.

변호사가 확인해보니 경호 목적상 불가피 시 위해를 방지하는

것이라 합니다.

37일을 굶은 제가 무슨 위해가 되나요?

차라리 큰 가방 들고 다니는 중국인 관광객들 가방 속을

확인해보아야 하는 것 아닙니까.

그 사람들은 다 지나가는데 저는 갈 수 없었습니다.

2시간을 서 있었지만 계속 막고 길을 내어주지 않았습니다.

그럼 청와대 영풍관 민원실에 면담 신청서라도 적어 낼 테니

가게 해달라 했는데 그것조차 아무 답을 주지 않았습니다.

지난번 편지가 대통령께 잘 전해졌는지 확인해달라는 요청조차

묵살했던 것처럼 저를 외면하기로 작정했구나, 느꼈습니다.

기대도 안 했지만 너무도 철저히 무시하더군요.

— 단식 38일차 페이스북 일기에서

자발적으로 모인 시민단체분들

청와대로 가는 길목에서 경찰에 막혔습니다. 걸어서 청와대로 향했죠. 온몸의 근육이 다 풀려서 지팡이에 의지하면서 말입니다. 주위에선 구급차를 타고 가라고 하는 걸 거부했습니다. 가다 쓰러져 죽는 한이 있더라도 걸어서 갈 것이라고요. 제 투지를 보여주고 싶었습니다. 조금만 걸어도 다리가 덜덜덜 떨려오고 정말로 앉고 싶고, 눕고 싶지만 그야말로 악으로, 깡으로 견디면서 갔습니다. 그래도 막습니다.

경찰이 제지하고 포위하는 건 이제 익숙합니다. 그들은 말하나 통하지 않는 완벽한 벽이었습니다. 제가 뭐 흉악범도 아니고 테러범도 아닌데 좀 지나치게 대하는 것 같습니다. 뼈와

가죽밖에 안 남은 사람한테요. 청와대 앞에서 경찰과 맞서다 욱한 적이 있습니다. 하도 열불이 나서 기운이 다 빠졌는데도 몸싸움도 벌였고 거친 말도 했습니다.

경찰이 막아서 화가 난 건 아닙니다. 마음엔 안 들지만 경찰도 자기 일을 하고 있는 것이니까요. 명령체계가 엄중한 조직이니 현장지휘부가 함부로 유연함을 보일 수는 없을 겁니다. 심하게 대하지도 않고 그저 단단하게 막고 있을 뿐이고요. 사실 그게 더 고립감을 주긴 하지만요.

제가 화가 났던 건, 저를 포함해 함께 간 시민들을 보면서 비웃었기 때문이었습니다. 현장을 지휘하는 분 같은데 누가 봐도 조롱과 멸시가 가득 담긴 표정으로 실실 비웃는 겁니다. 보란 듯이 말입니다.

우리 처지를 충분히 공감해달라고 말하지 않았습니다. 우리를 정중히 대해달라고도 말하지 않았습니다. 그게 경찰 일이면 하되, 평소대로만 하면 더 바라지 않습니다. 뭐 그렇게까지 노골적으로 비웃는지 모르겠습니다.

평소에도 비웃는다고요? 그러지 않을 겁니다. 그건 시민에 대한 예의가 아닐 테니까요. 제가 울컥해서 쌍소리를 냈습니다. 욕설도 섞였죠. 그게 또 영상에 담겨 동네방네 다 퍼져 나갔죠.

제 24시간 일거수일투족을 사방팔방에서 속속들이 보고 있는 걸 알면서도 자제를 못 했죠. 아무리 속이 뒤집어져도 지켜보는 눈이 많아진 만큼 참고 또 참았어야 하는데요. 두 다리 힘이 다 풀려 주저앉으면서 문득 부러 약 올리는 거 아닌가 하는 생각이 들었습니다. 홧김에 사고 치길 기다리는 거 아닌가. 어떻게든 문제 있는 인간으로 만들려고, 도덕적으로 비난받게 만들려고 일부러 속을 뒤집어놓는 거 아닌가. 별 잡생각이 다 들었습니다.

아, 그런 게 아니라고 믿고 싶습니다. 막상 제가 욕설하는 동영상을 본 분 중엔 '당신이 정말 사심이 없구나'라고 말합니다. 사심이 있다면 그리 욕 못 한다는 것이죠. 웃어야 할지, 울어야 할지.

세월호 유가족 대책위 임원분들이 대리기사를 폭행해서 엄청난 비난을 받았습니다. 저는 그때 우리는 모든 행동을 조심해야 한다고 SNS에 올렸습니다. 물론 저는 그날 사건이 누군가 부러 유발시킨 것이라고 생각하지 않습니다. 또 분명히 대책위가 잘못했습니다. 상황이 어떻든 폭력은 용납될 수 없으니까요. 제가 말하고 싶은 건 우리 스스로 더욱 신중하게 행동해야 한다는 겁니다.

세월호 유가족들은 엄청난 비극의 피해자들입니다. 동시에 의도하지도 않았고, 원하지도 않았지만 이젠 전 국민의 주목을 받는 '공인'에 버금가는 존재가 되고 말았습니다. 행동 하나하나, 말 한마디 한마디에 온 세상이 촉각을 세웁니다.

아이가 죽어서 아직도 날마다 가슴이 타들어가고 장이 끊어지는데, 나도 나 자신을 감당하기 어려운데 어쩌란 말이냐. 억울하고 분통이 터지죠. 저도 그렇고요. 그래도 조심할 수밖에 없는 상황이 돼버렸습니다.

잔인한 비극의 피해자가 가해자가 되는 현실이 도통 믿기지도 않고 이해도 안 가지만 받아들여야죠. 같은 하늘, 같은 태극기 아래라지만 생각이 달라도 너무 다른 사람들도 있으니까요.

청와대에 가려다가 허탕을 치고 단식농성장으로 돌아오는데 비가 내립니다. 한여름의 열기를 식히는 소나기이지만 온몸이 써늘합니다. 관절마다 일제히 통증이 엄습합니다. 두통도 뒤따릅니다. 그런데 농성장에 누군가 비를 꼴딱 맞으며 무릎을 꿇은 채 엎드려 있는 겁니다.

주위 사람들이 우산을 씌워주면서 말리는데도 꼼짝도 안 합니다. 제가 달려가 일으켜 세우려고 해도 마찬가지고요. 저만큼이나 고집이 센 분이었습니다.

오지숙 씨.

그분은 다섯 아이의 엄마 오지숙 씨입니다. 오지숙 씨는 4월 28일부터 광화문 광장에서 세월호 참사 진상 규명을 요구하며 1인 시위를 벌여온 분입니다. 세월호 시위만으로는 광화문 광장 터줏대감이라 할 수 있죠. 아이들을 돌봐야 하기 때문에 하루에 낮 시간만을 이용해 4시간 동안 시위를 하다 귀가합니다.

저도 세월호 참사를 보고 너무 슬펐는데, 그저 집에서 울기만 하는 건 '자기 연민'일 수 있다는 생각이 들었다. 내 안으로만 침잠하는 에너지를 어떻게 건강하게 표출할 수 있을까 싶어 고민하다가 유가족 어머니를 만났고, 이 방법으로라도 그분 손을 잡아드릴 수 있겠다, 마음을 함께한다는 걸 알릴 수 있겠다 싶었다.

　— 오마이뉴스 10월17일 인터뷰

오지숙 씨는 엄마, 아빠들이 주축이 된 '리멤버 0416'를 이끌고 있습니다. '리멤버 0416' 회원들은 참 열심히 1인 시위를 하고 있죠. 날마다 세종시 교육부 앞에서, KBS와 MBC 앞에서, 새누리당 당사 앞에서, 대검찰청 앞에서, 여기저기 거리에서, 심지어 해외에서도 합니다. 얼마 전엔 이탈리아 밀라노에서도 했죠. 세월호 참사의 진상이 규명이 될 때까지 시위를 하겠다는 대단한 엄마, 아빠들입니다.

오지숙 씨가 그렇게 비를 맞으며 엎드려 있던 건 단식을 멈춰달라는 뜻에서였습니다. 단식이 30일이 넘어가면서 단식을 멈춰달라는 분들이 부쩍 늘었습니다. 근육이 다 빠져나간 제 모습이 공개되고 나선 더 그렇고요.

5대 종단 대표 분들이 오셔서 단식을 말렸고, 정치인들도 와서 자신들이 할 테니까 그만두라고 호소합니다. 각 시도 교육감 열 분도 단식에 들어가셨다 합니다. 동조 단식하시는 분들도 더 늘었고요. 심지어 단식 중단을 요구하는 농성을 할 정도입니다. 유민 아빠를 살리자는 여론이 커져갔습니다.

단식하지 말고 먹고 싸우라는 편지도 많아졌습니다.

유민 아빠, 김영오 님! 죽지 말고 사십시오!

유민 아빠, 10살 난 외딸의 죽음을 경험한 사람으로, 영오 님의 슬픔과 분노와 애타는 심정을 함께하는 70살 넘은 대한민국 국민으로, 눈물로 호소합니다.

이제 단식을 풀고, 음식을 드시고 살아나십시오.

님의 생명은 대한민국보다 더 소중합니다!

수사권과 기소권이 보장된 세월호 특별법을 제정하는 것보다 더 가치 있습니다.

반드시 살아나십시오.

유민 아버지!

오른쪽 팔목에 노랑·초록의 소원팔찌 달아드린 시민입니다.

팔찌가 헐렁해지는 모습을 보고 있기 너무나 힘이 듭니다.

(······)

힘내주세요. 소원팔찌가 끊어지면 소원이 이루어진다는 미신 같은 말이 있어요.

유민 아빠가 회복하셔서 근육도 키우시고 살도 찌셔서 묶어드린 소원 팔찌가 끊어지길, 유민 아빠의 소원이 이루어지는 날이 오길 간절히 기도합니다.

함께하겠습니다, 잊지 않겠습니다.

자꾸 이렇게 죽을 각오로 단식하지 말아주세요.

저희 아버지는 7년 전에 돌아가셨는데 그날이 지금도 생생해요.

저희 아버지는 병원에서 의식 불명 판정을 받고 1년을 병상에 계셨어요.

그래서 고무호스를 코로 연결해서 영양 공급을 했었어요.

아버지 돌아가시고 장례를 치르는데 저보고 밥을 먹으래요.

우리 아빠는 1년 동안 밥 한술 못 삼켜보셨는데 산 사람은 먹고 살아야 된다며 밥 먹으라고 밥상에 앉히더라고요.

수저는 들었는데 밥이 안 떠지고 눈물이 나는 걸 꾹 참고 아빠 엄마 생각해서 억지로 욱여넣었어요.

아빠가 너무 보고 싶어서, 죽어서 아빠를 만나러 가고 싶었는데, 우리 아빠가 너무 슬퍼할까 봐 못 죽었어요.

하늘에 계시는 아빠가 편히 쉬시도록 행복하게 열심히 살려고 노력하고 있어요.

유민이도 하늘에서 울고 있을지도 몰라요.

I heard from a friend about the hunger strike in Seoul. (⋯⋯)

At the moment I am profoundly worried by the fact that you haven't eaten for 38 days!! Please do start eating again. We have received your message and as I am coming with my daughter to Seoul in February, it would be a great pleasure to meet you personally the.

한 친구가 서울에서 단식농성이 벌어지고 있다는 얘기를

해주었어요. (……)

무려 38일째 단식 중인 당신이 무척 걱정됩니다!! 제발 단식을 중단해주십시오. 당신의 메시지를 우리가 들었습니다. 내년 2월에 저와 제 딸이 서울에 가는데, 그때 당신을 개인적으로 만날 수 있다면 정말 기쁘겠습니다.

저도 딸을 키웁니다.

딸아이는 일곱 살입니다.

요즘에는 글자도 제법 읽고 쓰고, 혼자 세수도 하고, 젓가락질도 합니다.

어젯밤에는 딸아이랑 같이 자는데, 윙 모기 소리가 들려서 벌떡 일어났어요.

아이가 모기에 물릴까 봐 기어이 모기를 잡고서야 다시 잤습니다.

어미 아비 마음이 이렇지요.

알아요, 유민 아버지.

잃을 수 없는 것을 잃었기에, 잃을 수 있는 가장 큰 것을 내놓고 싸우신다는 것을요.

알기 때문에 그만하시라, 밥을 먹자 얘기할 수가 없었어요.

(……)

유민 아버지, 우리는 이제 더 주먹을 꼭 쥐고, 더 세고, 더 길게 싸워야 해요.

우리에게는, 함께 우는 우리가 있어요.

기댈 곳 없는 것 같아 발밑이 두렵지만 노란 리본을 달고 함께 울고 함께 외치는 우리가 있어요.

서로를 믿고 함께 싸워요.

그렇지만 차마 네, 그만할게요, 먹고 싸울게요, 하는 말을 못 하겠습니다. 단지 제 똥고집 때문이 아니라 저 벽 뒤에선 아주 작은 울림조차 없는데 어떻게 그만두겠습니까. 유민이한테 무슨 낯으로 찾아가겠습니까. 오지숙 씨와 리멤버 0416 회원분들이 얼마나 헌신적이고 적극적인지 잘 알고, 그렇기에 단식을 멈춰달라는 말이 얼마나 진심인지 잘 알고, 그만큼 가슴이 뜨거워집니다. 그런데 그렇게 할 수가 없어서 서로 손 붙잡고 펑펑 울어버렸습니다. 그 고마움 평생 잊지 않겠습니다.

리멤버 0416은 세월호 침몰 174일이 되는 날, 안산합동분향소를 찾아서 유가족들에게 편지를 낭독해주었습니다. 절절함과 공감이 전해지는 내용에 다들 뜨거운 눈물을 흘렸습니다.

아버님, 어머님께.

세월호 참사가 있은 지 174일이 지났습니다. 어찌 지내시는지요. 4월 16일을 다시 떠올려봅니다. 오전 9시쯤 인천에서 제주로 가는 여객선이 진도 앞바다에서 전복되었다는 뉴스를 듣고 가슴이 철렁 내려앉았습니다. 걱정은 되었지만 기상 상태도 좋았고 바로 코앞의 바다인데 무슨 일이야 있겠어 하고 있었습니다. 아니나 다를까, 오전 11시가 좀 넘어서 전원 구조되었다는 소식이 떴지요. 그럼 그렇지. 우리나라가 어떤 나란데, OECD 회원국에 우주에 인공위성을 쏘는 나라인데 연안에서 난 선박 사고에 사람이 죽는다는 게 말이 안 되지, 했습니다. 그런데 불과 몇 시간 지나지 않아서 300명이 넘는 사람이 실종되었답니다. 설마. 설마. 구하겠지. 다 구해내겠지.

몇 시간을 기다리고 며칠을 기다려도 구조 소식은 들려오지 않았습니다. 결국은 단 한 명도 구해내지 못했습니다. 내 자식을 살려달라고 아우성치던 아버님 어머님의 모습을 지금도 잊을 수가 없습니다. 가슴이 턱 막혀 숨조차 제대로 쉬지 못하던 그 모습이 지금도 눈에 선합니다. 그래도 살아올 거라는 기대로 고통의 시간을 기다려오신 아버님, 어머님, 살아 있을 거라는 실낱같은 희망을 버릴 때 그 마음이 어떠셨을까요. 이제는 제발 우리 곁을 떠난 얼굴만이라도 보게 해달라고 조르는 그 마음은 어떠셨을까요.

지금은 어찌 지내십니까. 아이 없는 빈집에 어찌 불을 켜고 들어가십니까. 아이의 손잡고 지나던 길을 어찌 지나십니까. 아버님 어머님의 기억 속에서 매일 다시 살아나는 아이들, 그 아이들이 없는 세상은…… 그때 우리 모두는 잊지 않겠다 약속했습니다. 함께하겠다 약속했습니다.

그로부터 174일이 지났습니다. 내 자식이 왜 죽었는지 알려달라는 소리는 선량한 국민을 선동하는 소리라 비난받고 안전한 사회를 만들자는 외침은 경제를 죽이는 외침이라 손가락질당합니다. 참사가 있고 다섯 달이 넘도록 아무것도 밝혀진 것이 없는데도 이제는 지겹다, 그만하라 합니다. 책임 있는 사람은 자기 책임이 아니라고 하고 국민을 대변해야 할 국회는 당리당략에 무릎 꿇은 지 이미 오래입니다.

아버님 죄송합니다. 우리나라가 이렇게 병든 나라인 줄 예전엔 미처 몰랐습니다. 이 나라가 이 지경이 될 때까지 가만히 있었던 것이 너무나 죄송합니다.

어머님 죄송합니다. 이렇게 힘없는 국민이라 죄송합니다. 다섯 달 넘게 찬 이슬 맞으며 노숙을 하시는데도 그 눈물 닦아드리지 못하는 힘없는 국민이라 너무 죄송합니다.

오늘 우리 아이들의 얼굴을 보고 우리는 다시 약속합니다. 그날의 아픔을 잊지 않겠습니다. 아버님 어머님이 세월호의 진실을 안고 집으로 돌아가는 그날까지 함께하겠습니다. 선동세력이라 비난받는 것도 경제를 죽이는 세력이라 손가락질당하는 것도 두렵지 않습니다. 내 아이를 명문 대학에 보내는 것보다 내 아이를 정의로운 나라에 살게 하는 일이 훨씬 귀한 일임을, 내 아이에게 메이커 신발을 사 주는 것보다 내 아이를 안전한 나라에서 살게 하는 것이 훨씬 가치 있는 일임을 우리가 알기 때문입니다.

아버님 힘내세요. 우리가 함께하겠습니다.
어머님 힘내세요. 우리가 곁에 있겠습니다.
애들아 사랑한다. 너희들을 잊지 않을게.

프란치스코 교황 성하

교황님의 손은 참 따뜻하고 부드러웠습니다. 유민이 손도 그렇게 부드러웠습니다, 팽목항 뒤편에 마련된 시신검안소에서 유민이는 자는 듯이 누워 있었습니다. 통통했던 볼살이 빠진 거 말고는 생전 모습 그대로였습니다. 손을 만졌는데 차갑지가 않아서 놀랐습니다. 아! 손이 부드러웠어요. 부들부들한 게 살아서 잡았던 그 손과 하나도 다르지 않았습니다. 이건 죽은 사람 손이 아니야. 유민아 잠깐만, 저는 유민이 팔을, 다리를 마구 주물렀죠. 살아날 것만 같아서요. 죽은 사람 몸이 그렇게 말랑말랑하고 부드러울 순 없는 거 아닌가요. 교황님 손을 잡은 그 찰나에 유민이를 마지막으로 본 그 순간이 떠올랐습니다.

교황님을 만나려고 우리 나름의 노력을 했습니다. 문정현 신부님과 교황 방한준비위원장인 강우일 주교님 도움이 컸습니다. 7월 25일 단식 12일째 되던 날이었죠. 강우일 주교님께서 단식농성장에 찾아와서 교황님이 8월 16일에 광화문 광장에서 시복미사를 할 것이라 알려주셨습니다. 단식 열흘이 지나면서 꽤 힘들어하던 때였는데 그 말을 듣고 정신이 번쩍 들더군요. 강 주교님한테 졸랐습니다. 그때까지 어떻게든 버틸 테니까 교황님 뵙게 해달라고요. 주교님이 선뜻 동의하지 못하셨죠. 제 건강이 먼저였으니까요. 그래도 제 고집을 꺾지는 못했습니다. 기어코 주교님의 동의를 얻었죠. 힘이 불끈 솟았지만 동시에 겁도 덜컥 났습니다. 22일을 더 단식을 해야 하는 겁니다. 버틸 수 있을까, 두려움에 온몸에 한기가 돌았습니다.

문정현 신부님은 단식농성 내내 저를 찾아오셨습니다. 괜찮은지 얼굴이라도 한번 보고 가신다고요. 저 죽을까 봐 늘 노심초사하셨죠. 교황님 뵙는 일은 문 신부님이 애를 쓰셨습니다. 뵙게 되는 건 거의 확실한데, 상황에 따라 놓칠 수도 있으니까 교황님 눈에 잘 띄게 하도록 궁리를 한 것이죠. 유가족들이 그토록 교황님을 뵈려고 했던 건 세월호 참사의 진실과 작금의 상황을 세상에 널리 알리려는 뜻에서였습니다.

국내 일부 언론은 세월호와 관련한 사실 보도보다 유가족을 부정적 시각으로만 다루는 데 열중했죠. 때문에 유가족들은 국내 언론에 대해 불만과 불신이 가득할 수밖에 없었죠. 교황님을 뵙게 되면 세월호 참사의 실상이 전 세계적으로 퍼져 나갈 것이라고 생각했던 겁니다. 이미 여러 차례 세계 각국의 언론사와 인터뷰도 했지만 더 확장될 것이고, 우리 정부에도 압박이 될 것이라고 믿었던 겁니다.

마침내 교황님의 광화문 시복미사 당일, 저도 그렇고 유가족도 그렇고 흥분과 설렘으로 발을 동동 굴렀습니다. 단식농성장 텐트와 설치물은 시복미사에 방해되지 않게 깨끗이 치웠고, 그 자리에 유가족들이 따로 모였습니다. 태어나서 처음 보는 어마어마한 인파였습니다. 규모에 놀랐고, 질서정연함에 놀랐고, 환호성에 놀랐습니다.

문정현 신부님은 굳이 우리 쪽 가까이에 앉으셨습니다. 여러 신부님을 데리고요. 문 신부님은 서열이 높아서 교황님이 연단에서 미사를 드리는 동안 바로 옆쪽에 앉을 수도 있었는데 그걸 마다하신 거죠. 수단을 다 동원해서 교황님이 유가족을 보시게 하려던 것이었죠. 유가족들은 유가족대로 머리를 싸맸습니다.

어떻게 하면 우리를 좀더 눈에 띄게 할 수 있을까? 백만 인 파가 다 펄쩍펄쩍 뛰면서 손을 흔드는데, 똑같이 따라해봤자 티도 안 났을 겁니다. 그래서 우리는 다 앉자고 했죠. 교황님이 카퍼레이드 하면서 유독 한 곳만 움푹 꺼져 있으면 궁금해하지 않겠냐는 생각이었습니다. 다 앉고 저만 홀로 서서 노란 피켓을 들고 서 있는 겁니다. 무엇보다 막상 뵙게 되면 무슨 말을 해야지, 머리를 쥐어짜고, 쥐어짰습니다. 여건상 교황님 뵙는 시간은 10초 정도라니 핵심이 잘 담긴 간단명료한 말이 필요했죠.

교황님의 미소는 천진난만했고 몸과 마음에 봄날이 퍼지는 듯한 느낌이었습니다. 드디어 교황님의 카퍼레이드가 시작됐는데 좀 이상했습니다. 차량이 우리 앞을 지나면서도 교황님은 반대쪽만 보시는 겁니다. 우리 쪽은 눈길조차 주지 않고요. 유가족들이 깡충깡충 뛰거나 말거나, 목이 터져라 소리를 지르거나 말거나 야속하게도 말입니다. 너무 당황했습니다. 문정현 신부님도 연신 손도 흔들고 휴대폰으로 전화도 했지만 차량은 멀리 꽁무니만 보일 뿐이었습니다.

쫓아가자는 말도 나왔지만 애걸하는 것처럼 보이지 말자, 의연하게 우리 자리를 지키자고 했습니다. 다 무산되는 건가, 답답함과 막막함에 속이 타들어갔습니다. 사실 약간 자신감이 있긴 했습니다. 며칠 전에 외신과 인터뷰를 했거든요. 교황님은 항상 가난한 자, 힘없는 자의 편이라고 말씀하신다, 누구보다 지금 힘들어하는 세월호 유가족들을 외면하시지 않을 것이다, 라고 말을 했습니다. 교황님 측에서도 이 인터뷰를 잘 알고 있을 것이라고 믿었죠.

문 신부님도 다시 돌아오실 것이라고 기다리라고 하십니다. 아! 맞습니다. 교황님은 우리를, 세월호 유가족을 잊지 않으셨습니다. 우리가 너무 조급했던 겁니다. 워낙 대규모 인파라, 처음 한 바퀴 돌 때는 저쪽을, 두번째 돌 때는 이쪽을 보게 돼 있던 것을 모르고 조바심만 낸 것이죠.

우리 앞으로 차량이 멈추었습니다. 저는 두 팔 높이 구호가 적힌 노란색 종이를 들고 있었고요. 교황님이 통역의 이야기를 들으며 진지한 표정으로 다가오셨습니다. 저는 가톨릭 신자가 아닙니다. 종교가 없습니다. 교황님을 뵐 때 어떻게 해야 하는지 얘기는 들었지만 막상 닥치니 기억도 안 나더라고요. 무턱대고 교황님의 손에 얼굴을 묻었습니다.

"세월호 참사가 다시는 일어나지 않게 특별법 제정을 도와주시고 기도해주십시오."

그리고 편지를 전해드려도 되겠냐고 여쭈었습니다. 제가 직접 손으로 쓴 편지입니다. 좋다고 하셔서 셔츠 윗주머니에서 꺼내 전해드렸습니다. 가장 빨리 꺼낼 수 있는 주머니였죠.

"잊지 말아주세요. 세월호를."

그때 교황님 왼쪽 가슴의 세월호 추모 리본이 거꾸로 달린 게 눈에 띄어서 바로 해드렸죠. 교황님이 미소를 짓더군요. 자상한 눈빛에 인자한 미소였습니다. 저는 한 번 더 교황님 손에 얼굴을 묻었습니다. 교황님 손은 따뜻하고 부드러웠습니다. 유민이 생전 손도 그랬습니다. 시신검안소의 유민이 손도 그랬습니다.

교황님을 뵙고 나서 유가족들은 서로 얼싸안고 눈물을 펑펑 쏟았습니다. 얼마나 마음을 졸였고, 얼마나 애가 탔었는지요. 뭔가 성취를 했다는 기분이었지요. 세월호 참사 이후 처음 가져보는 희망이었습니다. 그래도 가슴 한구석은 서글펐습니다. 우리 일을 알리기 위해 이렇게까지 할 수밖에 없는 상황이 씁쓸하기만 했습니다.

평생 독실하고 신심이 두터운 가톨릭 신자도 평생 교황님 손 한 번 잡는 건 영광이라 하더군요. 그런데 신자도 아닌 제가 그 손을 잡았습니다. 손잡을 기회를 뺏은 것만 같아서 죄송하기도 했고요. 이날 이후 세월호 참사는 외신에 더 보도됐고, 저는 더 많이 인터뷰를 하게 됐습니다.

제가 교황님께 드린 손 편지 내용입니다.

제가 쓰러지지 않고 버티는 것은 유민이가 제 가슴속에서 아직까지 숨을 쉬고 있기 때문입니다.

이 사건은 저만의 사건이 아닙니다.

생명보다 이익을 앞세우는 탐욕적인 세상, 국민보다 권력의 이익을 우선시하는 관료라는 인류 보편의 문제입니다.

힘이 없어 자식을 잃고 그 한도 풀어주지 못하고 있는 우리를 구해주십시오.

심장 뛰는 게 느껴진다. 빠르게 쿵쿵……

숨은 차오르고 가슴이 답답하다.

온몸의 힘이 다 빠져서 팔을 올릴 기운조차 없다.

언제까지 참고 버텨야 특별법 제정이 될 것인지……

오늘 밤은 너무 길다.

너무 고통스럽고 힘들어 뜬눈으로 밤을 지새우다 겨우 일기를

쓴다.

— 단식 40일차 페이스북 일기에서

아빠 좀 살려주세요

제가 병원으로 후송되는 걸 보고 쓴 도종환 님의 시입니다.

고통은 끝나지 않았는데 여름은 가고 있다
아픔은 아직도 살 위에 촛불 심지처럼 타는데
꽃은 보이지 않은 지 오래되었다
사십육 일 만에 단식을 접으며 유민이 아빠 김영오 씨가
미음 한 숟갈을 뜨는데
미음보다 맑은 눈물 한 방울이 고이더라고
간장 빛으로 졸아든 얼굴 푸스스한 목청으로 말하는데
한 숟갈의 처절함

한 숟갈의 절박함 앞에서
할 말을 잃고 서 있는데
한 숟갈의 눈물겨움을 조롱하고 야유하고 음해하는
이 비정한 세상에 희망은 있는 것일까
스스로를 벼랑으로 몰아세운 고독한 싸움의 끝에서
그가 숟갈을 물끄러미 쳐다보고 있을 때
미음보다 묽은 눈물 한 방울이 내 얼굴을 올려다보며
이 나라가 아직도 희망이 있는 나라일까 묻는데
한없이 부끄러워지면서
무능하기 짝이 없는 생을 내팽개치고 싶어지면서
넉 달을 못 넘기는 우리의 연민
빠르게 증발해버린 우리의 눈물
우리의 가벼움을 생각한다
그 많던 반성들은 어디로 갔는가
가슴을 때리던 그 많은 파도 소리
그 많은 진단과 분석
나라를 개조하자던 다짐들은 어디로 가고
자식 잃은 이 몇이서 십자가를 지고 이천 리를 걷게 하는가
팽목항으로 달려가던 그 많은 발길들은 어디로 흩어지고
증오와 불신과 비어들만 거리마다 넘치는가

맘몬의 신을 섬기다 아이들을 죽인 우매함으로 다시 돌
아가자는 목소리

사월 십육일 이전의 세상으로 다시 물길을 돌리려는 자
들의 계산된 몸짓만 난무하는가

이런 어이없는 비극이 되풀이되지 않는 나라를 만들자는
게 과도한 요구일까

내가 이렇게 통곡해야 하는 이유를 밝혀달라는 것이

슬픔의 진상을 규명하고

분노의 원인을 찾아달라는 것이

그렇게 무리한 요구일까

나라는 반동강이 나고

희망은 갈기갈기 찢어지고

미안하고 미안하여 고개를 들 수 없는데

어젯밤엔 광화문 돌바닥에 누워 어지러운 한뎃잠을 자고

하늘을 올려다보고 땅을 굽어보며

다시 초췌한 눈동자로 확인한다

여기는 수도 서울의 한복판이 아니라

고통의 한복판이라고

이곳은 아직도 더 걸어 올라가야 할 슬픔의 계단이라고

성찰과 회한과 약속의 광장이라고

아직 아무것도 끝나지 않았다고

이렇게 모여 몸부림치는 동안만 희망이라고

꺼질 듯 꺼질 듯 여기서 몸을 태우는 동안만 희망이라고

정갈한 눈물 아니면 희망은 없다고

정직한 분노 아니면 희망은 없다고

　　　　　　　　　　　　　　　—도종환, 「광화문 광장에서」

단식을 중단했습니다. 어떻게든 버텨보려고 했는데 제가 제 몸을 통제하는 게 불가능해졌습니다. 더 단식을 하면 곧바로 의식을 잃을 것이고 그다음에 어떻게 될지는 아무도 모르는 상황이 된 겁니다. 밤새 참아봤지만 새벽이 되니까 극심한 고통이 밀려옵니다. 두려움도 함께 밀려옵니다.

'이러다, 진짜 죽겠구나.'

죽음의 냄새가 느껴지는 것만 같았습니다.

'이렇게 죽으면 안 되잖아. 아무것도 해결된 게 없는데, 싸움이 끝난 것도 아닌데, 지금 죽기엔 너무 억울해.'

새벽 6시쯤에 제 옆에서 자던 변호사를 깨웠습니다. 아무래도 불안했는지 그날따라 변호사가 저와 있겠다고 하더군요. 너무 힘들다고 하니까 놀라서 의사들을 불렀죠. 맥박, 혈압, 혈당이 다 위험 수치를 훌쩍 넘긴 상태였습니다. 저를 돌보던 의

사분들은 더 이상 제 말대로 하지 않습니다. 그동안은 제 말을 존중하면서 최소한의 의료 조치만 하고 긴급 상황에 대비해왔지만, 이제 한계에 온 이상 의사로서 판단이 우선이라 합니다.

제가 단지 깡다구로만 40일 넘게 단식농성을 할 수 있었던 것은 아닙니다. 저는 체구는 작지만 몸은 다부집니다. 시골에 살다 보면 약골로 태어나도 자라면서 자연스럽게 튼튼해지게 마련이죠. 어릴 적엔 동네방네 뛰어다니며 놀기도 했지만 나무도 하러 다녔죠. 고향 집이 나무를 땠거든요. 나무하러 산을 누벼야죠, 나무를 베어야죠, 또 지게에 지고 내려가야죠, 집에 도착하면 도끼로 나무를 패야 하고요. 그러다 보면 상체든 하체든 절로 근육이 자리 잡게 됩니다.

깡다구만으로는 덩치 큰 상대를 이기기 힘들죠. 몸이 되니까 힘겨루기가 가능했던 것이죠. 무엇보다 국궁을 해온 게 40여 일을 버티게 한 힘이었습니다. 지난 2년 동안 국궁에 심취했습니다. 나이 마흔이 넘으니 일자리 잡기가 하늘의 별따기입니다. 안산에선 도무지 일자리를 찾을 수 없어서 충남 아산까지 가서야 겨우 일자리를 얻었죠. 혼자 사니까 저녁은 거의 사 먹게 되더라고요. 어느 날 한 음식점에 들어갔는데 천장에 활과 화살이 걸려 있는 걸 보게 됐죠. 아! 절로 탄성이 흘러나왔습니다.

저는 활을 좋아합니다. 고향 집 뒷산엔 대나무가 많았습니다. 대나무는 마을 아이들의 훌륭한 놀이 재료였습니다. 우리는 대나무를 잘라 활과 화살을 만들어 활쏘기를 하면서 해가 다 질 때까지 놀았습니다. 그때 언젠가 꼭 진짜 활을 쏘아볼 거야, 마음을 먹었죠. 음식점에서 진짜 활과 화살을 보니 그때의 기억이 생생하게 살아나 가슴이 둥둥 뛰더라고요.

음식점 주인께서 진짜 활쏘기하는 곳을 알려줬습니다. 그곳이 아산시에 있는 아산정입니다. 아산정에서 2년여 동안 거의 날마다 활을 쐈습니다. 국궁은 참 훌륭한 운동입니다. 아무리 힘이 좋은 사람도 처음 활을 잡게 되면 시위조차 제대로 당기지 못합니다. 활시위를 당기려면 보통 힘으로는 어림없죠. 전신이 유기적으로 움직여야 합니다. 손가락, 손목, 팔, 어깨, 등, 허리, 하체가 동시에 힘을 모아야 팽팽하게 당길 수 있습니다. 한 번 당기는 것만으로도 온몸이 땀으로 범벅이 될 정도죠. 궁도만큼 전신운동에 좋은 스포츠가 없다고 자신 있게 말할 수 있습니다. 국궁 하는 사람들은 다 아는 사실이죠.

시위를 능숙하게 당기려면 거의 1년여 훈련이 필요합니다. 힘든 과정이죠. 끈기와 투지가 요구되는 운동입니다. 그래서 중도 포기하는 경우도 많습니다. 제가 국궁을 한다니까 일부 언론과 단체들이 양육비 줄 돈은 없다면서 값비싼 호화 취미나 즐긴다고 마구 떠벌렸죠. 아무것도 모르면서 말입니다. 아니 알려고도 하지 않았겠죠. 그건 저보다 전국의 궁도인들, 국궁 하시는 분들을 모욕한 겁니다.

제가 다니는 아산정은 입회비 없이 월 회비 3만 원만 내면 얼마든지 활을 쏠 수가 있습니다. 아산시내에서 거리도 멀고, 더구나 산속이라 저렴한 편입니다. 24시간 개방이라 아무 때나 사용할 수 있고요. 대한궁도협회에 회원 등록을 하면, 전국의 국궁장도 자유롭게 이용할 수 있습니다.

초짜들은 자세가 나올 때까지 다른 사람이 사용하던 활과 화살을 이용할 수 있습니다. 몸에 맞는 활의 무게도 찾으면서요. 볼링처럼 말입니다. 그러다 몸에 맞는 활을 구입하게 되는데 가격은 20만 원 정도입니다. 화살은 열 발에 10만 원 정도 하고요. 활은 5년 넘게, 화살은 족히 3~4년은 사용할 수 있으니 그 어떤 운동보다 비용이 덜 듭니다.

그런데도 호화 취미라니, 웃어야 할지 울어야 할지 모르겠습니다. 국궁은 전통 무예의 하나입니다. 법도와 예의를 중시하는 운동입니다. 국궁에 입문하면 예의범절부터 배우죠. 그런데도 실컷 우롱해놓고 사과도 안 합니다. 참 딱한 사람들입니다.

여름엔 더위도 피할 겸 한밤중에 가서 활을 쏜 적도 여러 번

됩니다. 과녁까지 거리가 145미터입니다. 이 거리는 이순신 장군님이 한산도에서 군사들과 활쏘기 훈련을 할 때의 거리입니다. 활을 쏘는 사대와 과녁 사이에 바다가 있었다고 하죠. 제대로 쏘지 않으면 화살이 바다에 빠질 테니 정말로 정신일도해서 쐈겠죠.

145미터 떨어져 있는 과녁은 까마득하게만 보입니다. 그곳을 향해 온몸에 힘을 모으고 정신을 집중해서 시위를 당깁니다. 됐다 싶으면 시위를 놓죠. 화살은 바람 가르는 소리와 함께 근사한 포물선을 그리며 말 그대로 쏜살같이 날아갑니다. 그리고 과녁에 맞으면 그 상쾌함과 통쾌함은 이루 말할 수 없습니다. 누구에게나 권하고 싶은 운동입니다. 보통 한 번에 다섯 발씩 쏘는데 그 다섯 발을 과녁에 다 맞추는 것을 '몰기'라 합니다. 그럼 잘 쏜다는 말을 듣게 되지요. 저도 1년 전에 몰기를 했습니다.

국궁을 하면서 단전호흡도 함께 배웠습니다. 정신적으로도 수련을 하는 거죠. 최악의 상황에서도 정신적으로 흔들리지 않게 마인드 컨트롤을 하는 겁니다. 국궁은 조금만 정신이 흐트러져도 과녁을 벗어납니다. 전날 술을 마셔도, 부부싸움을 하고 와도 활은 뜻대로 안 되게 마련이죠.

단전호흡은 내가 나를 다스리는 겁니다. 단식농성도 비슷하다는 생각입니다. 그래서 큰 도움이 됐죠. 국궁을 했기에 긴 단식이 가능했던 겁니다. 더구나 이순신 장군님 동상 옆에서 했으니 기운을 더 받았을 겁니다.

그렇게 버텼는데 한순간에 무너졌습니다. 특별법 협상과 관련해 야당 대표와 언성을 높인 데다 청와대 길목에서 경찰과 몸싸움을 하고 나서 제 몸과 마음이 따로 놀더라고요. 제 몸이 제 것이 아닌 것만 같은 느낌이었습니다. 협상은 지지부진하고, 저에 대한 악의적인 비난과 왜곡된 보도는 난무하고, 대통령은 철저히 외면을 하니 순간 정신을 놓았나 봅니다.

병원에서 겨우 정신을 차리고 나서는 단식을 계속할 작정이었습니다. 그런데 여전히 몸이 말을 안 듣습니다. 죽기를 각오했지만, 죽는 게 내 마음대로 되는 게 아니니까요. 자칫 민폐를 끼칠 수도 있으니까요. 결국 단식을 중단하기로 했습니다. 어머니와 유나의 간절한 호소도 외면할 수가 없었습니다. 어머니는 제가 단식 흉내만 내는지 아셨나 봅니다. 뒤늦게야 진짜 단식을 하고, 거의 죽게 생겼다는 사실을 알고, 몇 날 며칠을 계속 우시기만 했다는군요. 그 때문에 예전 수술 부위도 안 좋아졌고 말입니다. 유나도 제발 멈춰달라고 눈물을 보이고요. 아빠랑 밥 먹으러 가는 게 소원이다, 아빠와 저녁 같이 먹고 싶다는 문자에 가슴이 미어집니다.

사실 유나한테 못 할 짓이죠. 하나밖에 없는 언니를 잃었으니 누구 못지않게 힘들고 고통스러울 텐데 말입니다. 유나는 제가 쓰러져 있는 동안 세상에 편지를 보냈죠. 아빠를 살려달라고요. 이제 고등학교 1학년짜리가 감당하기엔 너무 큰일이죠. 그래서 중단하기로 했습니다. 앞으로는 몸을 회복해서 잘 먹으면서 싸울 겁니다. 제2라운드에 들어가는 것이죠. 어머니 잘 모시고, 유나 잘 돌보면서 말입니다.

안녕하세요. 저는 안산에 살고 있는 김유나라고 합니다.

저희 집 옆에는 단원고등학교가 있습니다. 저희 언니는 단원고에 다니고 있었습니다. 항상 착하고 똑똑하고 바르던 저희 언니였습니다. 항상 저에게 예쁘다고 해주던 착한 언니였습니다. 저는 언니에게 예쁘다는 말도 못 해본 그런 동생입니다. 항상 언니에게 틱틱대고 화내고 짜증만 냈습니다. 지금 언니가 있으면 칭찬도 해주고 싶고, 껴안고 싶고, 같이 누워서 수다 떨다가 잠들고 싶습니다. 하지만 저희 언니는 지금 제 옆에 없습니다. 저희 언니 이름이 '김유민'입니다.

저희 아빠는 현재 단식 중이신 '김영오'이십니다. 저희 아빠가 지금 많이 힘들어하고 계십니다…… 제발 한 번만 만

나서 귀를 기울여주세요…… 전 지금 아빠와 함께 밥을 같이 먹는 것이 소원입니다…… 아빠가 단식을 그만두게 연락도 해봤습니다. 소용이 없었습니다. 저희 아빠가 단식을 그만두게 할 수 있는 사람은 딸이 아닌 박근혜 대통령님이십니다. 8월 20일 수요일에 아빠가 대통령 면담 신청을 하려고 청와대로 가셨습니다. 하지만 경찰들이 막아서 몸싸움이 일어났습니다. 그 이후로 저희 아빠는 더 많이 힘들어하고 계십니다. 그리고 대통령님께서 언제든지 만나주시겠다고 하셨지만 "대통령이 관여할 일이 아니다"라고 말씀하셔서 유가족분들이 많이 속상해하고 계십니다. 현재 법을 정하는 국회의원님들도 유가족을 외면하는 상황에 저는 어떻게 해야 할지 모르겠습니다. 저희 아빠가 더욱더 걱정됩니다. 제발 힘든 저희 아빠 쓰러지기 전에 한 번만 만나서 얘기 좀 들어주세요. 국민들도 원하고 있습니다. 교황님마저도 저희 아빠를 만나주셨습니다. 대통령님께서도 한 번만 관심을 갖고 찾아서 아빠 좀 도와주세요…… 이러다 저희 아빠 죽습니다…… 저희 아빠, 아니, 한 국민 좀 살려주세요…….

지금 광화문에 가면 같이 단식하시는 분들이 많습니다. 국민들의 고생 좀 덜어주세요…… 제발…… 부탁드립니다……. 이 편지에 제 심정을 어떻게 담아야 하는지…… 저의 진심이 전달이 될지…… 이 편지를 읽으실지…… 잘 모르겠습니다.

고등학교 1학년 어린아이의 편지가 아닌 한 국민의 편지로 봐주세요…… 비록 짧고 비루하고 부실한 편지 한 통이지만 저의 부탁을 들어주셨으면 좋겠습니다. 저희 아빠 살려주세요……. 읽어주셔서 감사드립니다.

2014년 8월 21일

'김영오'의 둘째 딸 '김유나' 올림

유나를 위해

유민이와 유나는 연년생입니다. 한 살 터울인데도 참 많이 다릅니다. 유민이는 조용한 성격이고 유나는 활달합니다. 살갑게 구는 건 유민이고, 유나는 덤덤하죠. 유민이는 친구가 적고, 절친 하나랑 깊게 사귀는 편이라면 유나는 두루두루 친구가 많습니다. 유민이와 ○○이는 절친입니다. 둘이 한 몸처럼 지냈죠. 집도 엎어지면 코 닿을 데라서 둘은 등하교도 숙제도 늘 붙어서 했습니다. ○○이 아빠가 그러더군요. 수학여행 가기 전날, 그러니까 세월호 타기 전날이죠. 둘이 가게에 가서 과자를 두 박스나 사 왔답니다. ○○이 아빠가 사준다고 해도 굳이 마다하고 자기들 용돈으로 산 것이죠.

무척이나 설레고 들떴을 테니 직접 사고 싶었겠죠. 얼마나 신났을까요. 그 과자나 다 먹었는지 모르겠습니다. 유민이가 나오고 얼마 지나지 않아 ○○이도 발견됐습니다. 절친이니까 공포 앞에서 서로 손 꼭 붙잡고 의지했겠죠. 지금도 둘은 함께 있을 겁니다. 공포와 두려움 없는 곳에서 영원히 우정을 나누길 바랍니다. 49제는 ○○이네와 함께 지냈습니다.

유민이가 ○○이 집에서 함께 숙제라도 하다 밤늦은 시간이 되면 유나를 부릅니다. 무섭다고 데리러 와달라는 거죠. 정말 엎어지면 코 닿을 곳인데도 말입니다. 그럼 유나가 데리러 갑니다. 그럴 때는 유나가 언니 같죠. 유민이는 매사 무난하게 구는 반면 유나는 호불호가 분명합니다. 생일에 옷이라도 사줄라 치면 유민이는 딱 하나만 고르지만, 유나는 몇 개 고릅니다. SNS 문자를 보내면 유민은 즉각 답 문자가 오는데 유나는 완전 꿩 구워 먹은 소식입니다. 기다리다 잠들 판이죠.

만날 날을 잡으려고 해도 마찬가지죠.

"아빠, 나는 그날 시간 되는데 유나한테 물어보고."

유나가 친구도 많고 약속도 많다 보니까 동생 일정부터 알아봐야 한다는 거죠. 둘이 어릴 적엔 짜장면도 곧잘 해 먹였죠. 중국집 배달 일 하면서 어깨너머로 배운 솜씨죠. 짬뽕, 탕수육도 잘 만듭니다. 제가 어머니를 닮아서 음식을 좀 하거든요. 그런데 팥칼국수는 안 먹더군요. 가장 좋아하는 음식이 칼국수인 유나도요. 요즘 아이들 입맛엔 맞지 않나 봅니다. 고기는 잘 먹죠, 둘 다. 둘은 참 다릅니다. 달라도 좋고, 달라도 예쁩니다.

유나가 진도경찰서에서 전화를 한 적이 있습니다. 저는 진도체육관에 있었고요. 가슴이 덜컹 내려앉았죠. 사고라도 치고 잡혀간 건 아닌가. 놀란 가슴을 진정시키며 물어봤더니, 하도 이상한 댓글이 많이 올라와서 신고를 하러 갔답니다. 보호자 노릇을 해준 아는 언니와 함께요. 결국 댓글은 지워졌습니다. 그래도 놀란 가슴은 좀체 진정되지 않았죠.

아무리 유나가 씩씩하고 당찬 구석이 있더라도 언니가 죽고 나서는 꽤나 힘들어했습니다. 한동안은 하루 종일 잠만 자는 겁니다. 먹지도 않고 학교도 가지 않고요. 억지로 깨워서 겨우 학교에 보내도 일찍 돌아와 또 잠만 자는 것이죠. 그러다 어느 날 밤, 자다 깨어보니 엄마가 가슴을 치며 울고 있는 모습을 보고 마음을 좀 추슬렀나 봅니다. 다음 날부터 일찍 일어나서 학교도 가고 친구들과도 만납니다. 속마음은 여전히 아프고 고통스럽겠지만 꾹꾹 참나 봅니다. 아비로선 짠하기만 합니다.

요즘은 유나한테 살아만 있어달라고 말합니다. 공부고 뭐고 그저 살아 있는 게 가장 중요하다고요. 하고 싶은 대로 살고,

건강하게만 살라고요. 그래야 사고 싶다는 거 사줄 수 있고, 먹고 싶다는 거 먹여줄 수 있고, 가고 싶다는 곳 데려갈 수 있으니까요. 아이가 죽고 나니까 못 해준 것만 생각나고, 안 해준 것만 떠오릅니다. 다시는 그러고 싶지 않습니다. 유나가 지금 어려움을 잘 이겨내도록 만사 제쳐두고 도우려고 합니다. 유나는 살아만 있으면 됩니다.

마이크

생방송으로 인터뷰를 하게 됐습니다. jtbc 손석희 앵커가 뉴스를 진행하는 중간에 저와 이야기를 나누는 것이죠. 저도 담담하게 대기했죠. 단식농성 하는 내내 많은 인터뷰를 했습니다. 어떤 날은 인터뷰로 하루를 시작하고 인터뷰로 하루를 마무리했다고나 할까요.

저야말로 자고 일어났더니 유명해졌습니다. 지난 40년 넘은 삶을 샅샅이 다 뒤져봐도 유명해야 할 아무런 까닭도, 이야기도 없는 제가 세상 사람이 다 아는 사람이 된 겁니다. 제 페이스북에 230만 명까지 들어온 적이 있었으니까요. 그야말로 별 볼 일 없던 놈이 별 볼 일 있는 놈으로 탈바꿈을 한 것이죠.

세월호 침몰 직후에 진도체육관에서부터 마이크를 잡게 됐습니다. 유가족의 대표로 나설 생각은 전혀 아니었고, 정리하는 데 조금이라도 도움이 될까 해서 그랬습니다.

참사 첫날, 둘째 날은 유가족들 전부 다 패닉 상태였습니다. 이성은 둘째 치고 정신 차릴 겨를도 없었죠. 다들 신경이 곤두선 상태라 사소한 일에도 유가족끼리 부딪혔습니다. 고성이 오가기 일쑤고 몸싸움이 벌어지기도 했습니다.

게다가 욕설을 남발하고, 반대를 위한 반대를 일삼으며 유가족 사이에 분란을 일으키려는 사람도 있었습니다. 나중에 알아보니 유가족은 아니었습니다. 지금도 이 사람들이 누군지 궁금합니다. 정부는 우왕좌왕하면서 무능의 극치를 보였으니 진도체육관은 통제 불능 상태나 다름없었습니다. 그래서 마이크를 잡았습니다.

"유가족끼리 싸우지 맙시다. 지금은 구조가 최우선입니다. 서로 생각이 좀 다르고 마음에 안 들어도 뭉칩시다. 뭉쳐서 당장 시급한 것부터 해결합시다."

고맙게도 유가족들이 제 말을 들어줬습니다. 제가 호소력이 있었다기보다 잠시 숨을 돌리고 나니 정신을 차리게 된 것이겠죠. 그다음엔 기자들이었습니다. 팽목항 주변 도로를 언론사 차량이 점령하다시피 해서 시신을 옮겨야 하는 구급차조차 꼼짝할 수 없는 상황이었습니다. 진도체육관도 기자들이 마구잡이로 돌아다녀서 유가족들이 운신하기도 어려운 지경이었고요. 그래서 그때는 좀 톤이 높은 목소리로 나무라듯이 말을 했습니다. 언론사는 따로 구역을 정해서 그곳을 넘어서지 말라고요. 넘어서려면 양해를 구하라고요.

그러다 보니 이후에도 마이크를 자주 잡게 되었습니다. 그 때문에 얼굴도 알려지면서 기자들이 저한테 접근하게 됐죠. 또 경찰이나 정보원들한테 찍히기도 했고요. 늘 제 주위에 두세 명 씩 수상쩍은 사람들이 어슬렁거리는 겁니다. 어디로든 움직이면 따라다니고요. 자원봉사 조끼를 입고 있어서 처음엔 그저 고개를 갸우뚱하는 정도였는데, 조끼 안쪽의 무전기를 보고 나서는 의심할 수밖에요. 실제 언론 보도에도 사복경찰들이 대거 투입됐다고 나왔으니까요. 왜들 그런 건지는 여전히 모르겠습니다. 순수 유가족이니 하는 말이 나올 때 짐작만 했을 뿐입니다.

아, 유가족을 갈라놓으려는 거구나!

단식농성을 시작하면서 저는 단번에 유명인이 됐고, 날이면 날마다 인터뷰를 하게 됐죠. 제가 남 앞에 나서기를 좋아하는 성격도 아니고, 단체나 조직 활동을 한 적도 없습니다. 1년 전에 정규직이 되고 자동적으로 노조에 가입된 것이 다입니다.

말수도 적은 편이고 혼자 지내고 혼자 놀기를 좋아하는 성격이죠. 그럼에도 군중을 앞에 두고 마이크를 잡고, 무난하게 인터뷰를 할 수 있었던 건 밴드하면서 무대에 올랐던 경험 덕분이겠죠.

아, 생각해보니 사람들 앞에 나선 적이 있네요! 고등학교 시절 가출을 하고 첫 도착지가 경기도 수원이었습니다. 수중에 돈 한 푼 없이 여기저기 배회하다가 먹여주고 재워준다는 말에 누군가를 따라갔습니다. 며칠이 지나니까 밥값을 하라면서 장사를 시키는 겁니다. 전국을 돌며 시내버스나 시외버스에 타서 빵을 파는 것이었죠. 알고 보니 사이비 취급받는 종교단체였습니다. 교당엔 십자가 같은 것은 없고 태극기가 걸려 있었죠.

빵을 팔아서 번 돈으로 교회 운영을 했던 거죠. 저는 잘 팔았습니다. 남들이 하루에 20~30개씩 팔 때 저는 50개도 넘게 팔았으니까요. 제가 덩치도 작고 곱상하게 생긴 덕을 본 건지, 유별나게 청승을 떨었는지는 모르겠습니다. 아무리 빵을 잘 팔아도 돈 한 푼 받지 못해서 몇 개월 만에 도망쳤는데, 그때야말로 사람들 앞에 서는 훈련을 한 것이겠네요.

jtbc 생방송 인터뷰는 좀 버벅거리고 말았습니다. 평소에는 별 무리 없이 인터뷰를 했습니다. 방송사든 신문사든 자연스럽게 말이 나왔죠. 제가 그리 언변이 좋은 편이 아닙니다. 언변이 필요한 삶도 아니었고, 언변이 필요하다고 생각해본 적도 없습니다. 그런데 언변이 늘었습니다. 단식농성 하면서 본격적인 인터뷰를 하다 보니까 말도 늘고 요령도 생겼습니다.

더구나 수많은 사람들과 만나고 이야기를 나누면서 많이 알게 되고 많이 배웠습니다. 그 나름대로 지식이 쌓인 것이죠. 말도 조리 있게 하게 됐고요. 어릴 적 공부 안 하고 가출해서 3년을 낭비하는 객기를 부린 게 후회 막심합니다. 기자회견이나 연설도 여러 번 했는데, 하기 전엔 가슴이 울렁대고 덜덜 떨려도 막상 시작하면 언제 그랬냐 싶게 이야기를 하게 됩니다.

하지만 확실히 생방송은 느낌이 달랐습니다. 막상 손석희 앵커와 인터뷰에 들어가니까 머릿속이 하얘지는 겁니다. 이어폰을 꽂고 해서 가뜩이나 집중하기가 어려운데, 카메라맨은 자꾸 렌즈를 보라고 합니다. 내가 지금 무슨 말을 하는지 알 수가 없을 지경이 되더군요. 입술만 바짝바짝 타들어갔죠. 진땀을 흘리며 인터뷰를 끝냈죠. 딱히 문제는 없었는데 유가족의 주장을 좀더 잘 전달했어야 하는 게 아닌가 하는 생각이 들었습니다.

그래도 인터뷰 이후 단식농성에 대한 관심이 크게 늘었습니다. 광화문 광장에 사람들이 몰려들기 시작했고요. 다음 날 준

학교 1학년 ○○○ 양이 스케치북 여러 장에 자기 마음을 담은 글씨를 써서 제 앞에서 한 장씩 보여줬습니다. 이 모습이 전국적인 관심을 불러오는 촉매 역할도 했죠. 중학교 1학년 아이가 어른들보다 훨씬 낫습니다. 이보다 아름답고 감동적일 수가 있을까요.

저는 ○○에서 온 중학교 1학년입니다. 아저씨, 제 글을 읽어주세요. 어제 뉴스에서 홀로 외롭게 싸우시는 아저씨의 모습을 보았습니다. 아저씨에게 조금이라도 힘이 되고 싶었습니다. 세월호 침몰 벌써 110일이 넘었는데 아무도 책임지는 사람이 없다는 끔찍한 사실이 저는 무섭습니다. 저는 아저씨 편입니다. 대한민국이 더 이상은 무서운 나라, 잔인한 나라가 아니었으면 좋겠습니다. 언니 오빠들의 억울함을 풀어주세요. 많은 학생들이 응원하고 있습니다.

저를 강성이라고 말하는 사람들이 있습니다. 제가 마이크 좀 잡고, 목소리 좀 크게 내고, 단식농성을 했기 때문이겠죠. 제가 깡다구를 부리고 똥고집이긴 하지만 그리 강성은 아닙니다. 되레 강성과 거리가 멀죠. 저는 누군가와 시비 붙는 게 싫고, 설혹 시비가 붙어도 참는 편입니다. 레슬링 같은 건 하더라도 막싸움은 피합니다. 혼자 잘 놀듯이 혼자 잘 다스립니다.

아이가 차디찬 바닷속에서 죽어갔기에 참지 않은 것이고, 피하지 않은 것입니다. 혼자 속 끓일 문제가 아니어서 나서게 된 것이고요. 저는 유가족의 마음을 대변했을 뿐입니다. 제가 안 했다면 유가족 중 누군가가 저를 대신했을 것이고요.

유가족들도 저마다 생각이 있고, 성격도 다 다르지만 한 가지만은 공통됩니다. 진상 규명, 책임자 처벌, 재발 방지, 그리고 안전한 나라.

유가족 때문에 이 지경까지 오게 된 게 아닙니다. 저 같은 인간 때문에 일을 그르치고 있는 게 아닙니다. 다 알면서도 애써 외면하고 어떻게든 끝내고 싶은 '부류'가 있기 때문이죠.

긴
싸
움

쓰레기 더미 위에 서둘러 꽃을 심는다고
꽃밭이 되지 않습니다.
철저한 진상 규명이 이루어지고,
재발 방지책이 나와 안전한 나라가 될 것이란
확신이 들 때까지 포기하지 않을 겁니다.

○○ 씨가 오셔서 격려해주시며 화분 하나를 건네주고
갔습니다.

화분을 받는 순간 가슴이 뭉클했습니다.

화분에 유민이라는 팻말이 있더라고요.

유민이 생각이 많이 났습니다.

그러면서도 이상하게 힘이 나더군요.

한 분은 자기가 제일 소중히 가꾸고 있다는 화분을 가져다
주셨습니다.

물과 흙, 햇빛의 영양만으로 유지하는 작은 생명을 보는 것이
지금 배고픈 나에게 힘이 되지 않을까 싶어서……

꼭 쓰러지지 말고 힘내시라고……

— 단식 27일차 페이스북 일기에서

인혁당 사건의 가족분께서 어제가 121일째라서 학 121마리와,

아직 돌아오지 못한 실종자 10명이 가족의 품으로 하루빨리

돌아오길 기원하는 뜻으로 배 10척을 만들어 전해주시더군요.

지나가던 시민께서 3시간 동안 세월호 유가족과 희생자들,

이 땅의 아이들, 우리 국민들을 위해

손수 만든 소원팔찌를 채워줬습니다.

브라질 축구 선수들이 승리를 기원하며

경기 전 팔에 실을 감아준 것에서 유래되었다며,

제가 꼭 승리하길 기원한다는 뜻으로……

한 아가씨는 마음이 너무 아프다며

손에 끼고 있던 십자가 반지를 제 손가락에 끼워주며

응원해주셨습니다.

고마운 분들께 제가 어떻게 갚아드려야 할지

그저 고맙고 감사할 뿐입니다.

— 단식 33일차 페이스북 일기에서

175

묵주와 염주와 십자가

광화문 광장에서 단식농성을 하는 동안 소중하게 지니고 있던 물건을 직접 건네주신 분들이 여럿 있었습니다. 특히 종교적인 용품이 많았죠. 묵주나 염주, 십자가 같은 것들이죠. 손가락에 끼고 다니던 반지를 빼서 손수 제 손가락에 끼워주시는 분도 있었죠. 손가락에 반지 자국이 그대로 남아 있는 걸 보고 마음이 아렸습니다.

자신의 일부나 다름없이 착용하고 다니던 것을 준다는 건 결코 쉬운 일이 아닐 겁니다. 그런데도 망설임 하나 없이 제게 주셨습니다. 저를 진정으로 걱정하는 마음이겠죠. 감히 제가 받았습니다. 몹시도 고맙고 미안할 뿐입니다. 평생 잊지 못할 겁니다. 덕분에 저는 인간에 대한 신뢰와 애정을 마음 깊이 느낄 수 있었습니다.

워낙 많은 종교용품을 받았던 터여서 다 몸에 지닐 수는 없었고, 그때그때 내키는 대로 팔목이든 목에든 착용했습니다. 그렇지만 그것을 두고 시비를 거는 사람들도 있었습니다. 교황을 만나려고 일부러 묵주를 하고 신자인 척했다고 마구 비난을 퍼부어댔습니다. 저는 가톨릭 신자가 아닙니다. 그건 제가 교황님을 뵐 수 있도록 애를 써주신 강우일 주교님이나 문정현 신부님도 다 아는 사실입니다. 제게 묵주를 전해주신 분도 알았고요. 제가 먼저 신자가 아니라고 말을 했으니까요.

저는 종교가 없습니다. 무교입니다. 어릴 적부터 종교에 별 관심이 없었습니다. 딱 한 번 종교 활동을 하긴 했었죠. 사춘기 시절 사이비 종교 단체에 들어가서 몇 개월 생활했던 것 말입니다. 가출해서 먹지도 못하고 방황하다, 먹여주고 재워준다는 말에 무턱대고 따라간 곳이 하필 그런 곳이었죠. 종교 활동보다는 시민들을 상대로 빵 팔이나 시키고, 기껏 벌어 온 돈은 다 뺏기에 결국 도망쳐 나왔고요.

저한테는 5대 종단이라고 하는 가톨릭, 불교, 개신교, 원불교, 천도교 용품이 다 있습니다. 많습니다. 다 여러분들이 주시고 간 것이죠. 조계종 총무원장님인 자승 스님도 진히 하고 디

니던 염주를 주셨습니다. 교황청에 근무하는 한국인 신부님은 교황님께 직접 받은 묵주를 제게 주셨고요. 의정부 교구 주교님은 유나한테 묵주를 주셨고요. 그분들의 마음을 받은 것입니다. 신자인 척한다는 말은 대꾸하기에도 민망할 따름입니다, 교황님을 뵙고 나서 가톨릭에 관심이 많아지긴 했습니다. 너무 큰 영광이었으니까요.

단식농성을 하는 동안 집요하게 저를 안 좋게 물고 늘어지는 몇몇 단체와 일부 언론이 있었죠. 제 신상을 탈탈 털면서 별별 소문을 다 퍼뜨렸습니다. 참 악의적인 게 많았습니다. 근거도 빈약했고요. 제 SNS엔 심한 욕설과 비방이 난무했고요.

제가 아주 꼼꼼한 성격입니다. 어린 시절부터 저와 관련된 건 별 잡스럽고 자질구레한 것까지도 다 모으는 편이죠. 그 시절 그리던 그림이나 틈틈이 쓰던 글들을 여태껏 갖고 있으니까요. 안타깝게도 꼬박꼬박 쓰던 일기는 다 태워버렸습니다. 그 일기 때문에 제 일탈이 형한테 들통 났고, 그게 가출로 이어져서 홧김에 그랬죠. 꼼꼼하게 모았던 여러 서류와 자료가 마구잡이 비난과 억측을 상대로 써먹게 될 줄이야. 겨우 쓰레기 수준만 면한 그것들을, 마냥 어디 박스 안에나 들어 있어서 다시 꺼낼 일이 또 있을까 싶었던 것들이었거든요.

그것들을 갖고 기자들과 인터뷰를 하고, 해명을 하고, 증거

자료를 보여주고 참 착잡했습니다. 온몸에 날이 설 정도로 화도 났고, 한 귀로 흘려 넘기기엔 자칫 생매장이라도 당할 것 같은 분위기라 적극 나서긴 했지만 허망했습니다. 통장 사본까지 보여주게 될 줄이야 어찌 알겠습니까.

제 신상 탈탈 털어봐야 별 볼 일 없습니다. 실제 별 볼 일 없는 인간이고요. 가뜩이나 잃을 것도 없는데 자식까지 잃은 놈입니다. 저 같은 인간 말고 물고 늘어져야 할 인간들 많잖습니까. 세월호 참사에 직간접적으로 연관이 있는 사람들, 권력을 쥐고선 악행과 악습에 물든 진짜로 별 볼 일 있는 사람들 말입니다. 저를 비난하려고 쏟는 정성을 진짜로 별 볼 일 있는 사람들한테 쏟는다면 세상은 진작 바뀌었을 텐데요.

단식농성을 하면서 알았습니다. 세상엔 진실을 외면하거나 싫어하는 사람들이 있다는 것을요. 그래서 제가 한 언론과의 인터뷰에서 이렇게 말했습니다.

"목에 칼이 들어와도 진실만 보도할 수 있는 기자님이 돼주세요."

많이 걱정하셨죠?

이틀간 수액을 맞고 정신을 많이 차렸습니다.

빠른 시일 내에 광화문에 나가겠습니다.

병원에 이틀 간 있어보니 각종 악성 루머와…… 댓글들이
난무하더군요.

그래도 난 떳떳하니까 신경 안 쓸 겁니다.

여러분도 신경 쓰지 마시고, 우리는 특별법만 보고 달립시다.

우리의 길을 갑시다.

2003년도 이혼하면서 대출이 많아

방 한 칸짜리 월세방 겨우 얻어서 지금껏 힘겹게 살다

유민이를 저세상으로 보냈습니다.

지금도 대출을 다 못 갚아 100만 원에 30만 원짜리 월세방에
살고 있고요.

매달 비정규직 월급으로 이자조차 갚기 힘들게 살다 보니

양육비를 꼬박꼬박 보내주지 못하고 몇 달에 한 번씩 보낼 때도
있었습니다.

자주 만나고 싶어도 자주 못 만나게 되고……

사주고 싶은 게 있어도 사주지도 못하고……

보고 싶어도 돈이 없어 참아야 했습니다.

그런데도 우리 부녀지간은 일 년에 몇 번 안 보더라도 사랑이
각별했습니다.

일 년에 한두 번 보더라도 딸들은 아빠 곁에 꼭 붙어 다니고,
잘 때는 언제든 두 공주가 양 팔베개를 하고 자곤 합니다.
마음으로는 진심으로 사랑하기 때문이죠.

이혼하고서 너무 힘들게 살다 보니 두 아이를 보고 싶어도 자주
못 보고,
사주고 싶어도 많이 사주지 못했던 것이 지금 한이 맺히고
억장이 무너지기 때문에
목숨을 바쳐서라도 싸우고 있는 것입니다.
지금 내가 해줄 수 있는 것이라고는
특별법 제정해서 왜 죽었는지 진실을 밝혀주는 것밖에는 없기
때문에…….

두 달 전 학교에서 든 여행자 보험으로
동부화재에서 1억 원이 나왔다는 것 다들 아시겠지요.
이혼한 부모는 보험금이 50 : 50으로 나옵니다.
저는 우리 유민이한테 해준 것이 아무것도 없다는 생각만 하면
죄인이 됩니다.
그래서 보험금 10원도 안 받고 유민 엄마한테 전액 양보했습니다.

그래도 제 가슴은 찢어지게 아프기만 합니다.

그동안 못 해준 것 돈으로 대신할 수 없기 때문입니다.

억울하게 죽은 한을 풀어줘야 나의 마음의 죄도 내려놓을 수

있을 겁니다.

대출도 다 못 갚은 상황에서 2천만 원을 또 대출 받아

진실을 밝히기 위해 싸우고 있습니다.

우리 유민이 앞에 놓고 보상금 얘기 두 번 다시 하지 말았으면

합니다.

저는 지금 돈 10원도 필요 없습니다.

유민이가 왜 죽었는지 밝혀내는 것이 우선입니다.

그리고 살아 있는 유나와 유나 친구들이

안전한 나라에서 살 수 있도록 만들어줘야 합니다.

진실은 언젠가 꼭 밝혀지고 승리하게 되어 있습니다.

—단식 42일차 페이스북 일기에서

새로운 출발점

저 때문에 제 주치의 분들도 고생이 많으셨죠. 숱한 비난과 악플에 시달려야 했으니까요. 그저 사람 하나 잘못될까 봐, 행여 죽을까 봐 의사 본연의 일을 했을 뿐인데 가만히 놔두질 않더군요. 전쟁 중에도 의사는 아군과 적군을 가리지 않는다고 합니다. 자기와 생각이 다른 사람을 치료하는 게 그리 못마땅했던 건지 안타깝고 답답했습니다.

서울동부병원 이보라 과장님과 하늘벗한의원 김이종 원장님 두 분이 제 주치의를 자처하셨습니다. 단식농성 기간 내내 두 분이 번갈아 오시면서 저를 지켜보셨습니다. 정말로 바쁘신 분들인데 아침마다 저부터 찾으셨죠. 수시로 제 상태를 검사하고 필요한 최소한의 조치를 하시면서 혹시 발생할 긴급 상황에 대비했습니다. 동시에 단식 중단도 줄기차게 권유하셨고요.

두 분은 제 생명의 은인입니다.

저를 단지 죽지 않게 한 것뿐만 아니라 새로운 삶, 두번째 삶을 살게 해주셨습니다.

저는 세월호 침몰 이전과 이후, 단식농성 이전과 이후가 완전히 달라졌습니다. 단식농성 이후엔 꼬박꼬박 밥을 먹고 건강을 챙기면서 열심히 싸우고 있습니다. 건강이 아주 망가져버리지 않은 건 다 두 분 주치의 덕분입니다.

이보라 과장님은 인의협(인도주의실천의사협의회) 소속이시고, 김이종 원장님은 청년한의사회(참의료실현청년한의사회) 회장이십니다. 두 분 다 소속단체에서 왕성하게 활동하시죠. 저를 돌본 것도 그 활동의 일부분이었고요.

인의협, 청년한의사회 처음 들어보는 이름이었습니다. 두 단체의 홈페이지를 찾아보고 잘 알게 됐습니다.

그동안 인의협은 갈 곳 없는 노숙인, 쪽방촌 사람들, 차가운 아스팔트와 철탑 위의 농성자, 차별받는 이주노동자, 낙도오지의 의료소외계층, 의약품이 부족한 북한 어린이 등

아픔이 깃들 수밖에 없는 곳이라면 힘닿는 한 달려갔습니다. 또한 인권과 온 생명의 존엄을 해하고 목숨에 가격을 매기는 비인도적 정책이 고개를 들 때면 어김없이 반대의 목소리를 높이며 대안을 제시해왔습니다.

— 인의협 소개 글 중에서

본 회는 민족의학에 대한 자부심과 긍지를 가지고 회원과의 활발한 유대를 통하여 국민보건 향상에 이바지함과 동시에 의료의 사회화를 실천해 나감으로써 현 의료모순을 극복하고 사회 각 부분과 연대하여 민주사회를 실현토록 노력하며 시대적 요구에 합당한 의사상을 구현하는 데 목적이 있다.

— 청년한의사회 설립 목적

딱 저와 같은 사람들, 세월호 유가족과 같은 사람들을 위한 단체였습니다.

사회에서 힘없는 사람들, 억울한 일을 당하고도 가만히 있으라고 강요당하는 사람들, 그들에게 의료적 도움을 주는 단체였습니다. 가끔씩 TV에서 혼자서 이 같은 활동을 하는 의사나 한의사들을 보긴 했어도, 인의협이나 청년한의사회처럼 단체를 만들어 하고 있는 것에 놀랐습니다. 일부 잘난 척하는 의사 또는 한의사들 때문에 생긴 부정적인 편견이 다 깨졌습니다.

세상이 다 각자도생하는 게 아니라 각양각색, 각계각층의 사람들이 연대하면서 산다는 것을 다시 한 번 깨달았습니다. 큰 감동이었죠. 저도 앞으로는 연대의 힘, 연대의 희망으로 세상 사람들과 함께할 것입니다.

제가 단식농성을 하다 쓰러져서 생사의 기로에 있던 날도 두 분 주치의가 옆에 계셨습니다. 그때 이보라 선생님은 한 라디오 진행자와 통화 중이었는데, 긴급 상황이 벌어졌죠. 제가 더 못 버티고 병원에 가야겠다고 한 것이죠. 나중에 녹음된 걸 들었습니다. 당시 상황이 생생하게 들리더군요.

이보라, 김이종 두 선생님은 제게 새로운 삶, 두번째 삶을 주셨습니다. 평생 못 갚을 큰 선물입니다. 병원으로 실려 가 생명을 연장 받던 날이, 저의 새로운 출발점, 기준점입니다. 늘 그날을 또렷이 기억하며 살아갈 겁니다.

제가 광화문으로 돌아갈 필요 없이 마음 놓고 회복에만

전념할 수 있게 속히 제대로 된 특별법이 제정되도록,

국민들께서 더욱 힘을 모아주시고,

대통령 및 여당은 전향적인 모습을 보여주십시오.

걱정해주시고 함께해주신 국민 여러분께

진심으로 감사드립니다.

문재인 의원님 및 야당 의원님들께서도 단식을 중단하시고

당에 가서서 국민이 원하는 특별법 제정을 위해서 더더욱

힘써주시고 노력해주십시오.

— 단식 38일차 페이스북 일기에서

정청래 의원님!

그동안 단식하시느라 고생 많으셨습니다.

복식이 매우 중요한 것은 알고 계시죠.

당분간 먹고 싶다고 아무거나 막 드시면 안 됩니다.

얼굴 더 커져요……

하루빨리 짜장면에 소주 한잔 하고 싶습니다.

그때 쩐하게 한잔 하시죠.

이제는 밥 먹고 기운내서 특별법 제정을 위해 힘써주세요.

야당 의원님들!

더 이상 실망스럽지 않은 정치를 해주십시오.

지금 안전한 나라 만들자는 특별법보다 더 중요한 것이

있습니까?

국민은 하나가 되어 외치고 있는데 또다시 국민을 실망시킬

겁니까.

많은 국민들이 지켜보고 있습니다.

국민들이 더 이상 실망하지 않게 해주십시오.

— 복식 20일차 페이스북 일기에서

세월호 피로감

세월호 참사의 진상 규명이 지지부진하게 된 건 전적으로 정치인들 탓입니다. 특히 국민을 대표하고, 대변한다는 국회 의원들이 열과 성을 다하지 않은 탓이라고 확신합니다. 세월호가 침몰한 건 누가 봐도 분명 국가적 참사였습니다. 침몰하기까지, 침몰 이후 구조 과정, 사후 수습 과정에서 우리나라가 매우 불안전하고 허술한 나라라는 게 고스란히 드러났습니다. 국회가 맨 앞에서 진상을 파헤치고 합당한 해결 방법을 찾아내는 건 지극히 당연한 일이었습니다. 그런데도 그들은 굼떴고 팔짱 끼고 지켜봤습니다. 처음부터 여야가 합심해서 자기 일처럼 움직였다면 세월호 참사와 관련된 사안은 벌써 해결됐을 겁니다. 제가 단식농성에 들어가지도 않았을 겁니다.

여당은 집권당이다 보니 자신들한테 불똥이 튀는 걸 막으려고 진상 규명보다는 봉합을 하겠다는 의도를 너무도 노골적으로 보였습니다. 야당은 염불보다 잿밥이었습니다. 진상 규명은 뒷전인 채 자신들끼리 싸움이나 해댔죠. 그런 여당과 야당이 얼기설기 협상안을 만들어서 유가족한테 동의하랍니다. 동의를 해주지 않자 모든 게 다 유가족 때문이라고 책임을 떠넘깁니다.

그러면서 여당은 은근슬쩍 세월호 피로감이란 말을 흘립니다. 일부 언론은 냉큼 받아쓰고요. 참으로 교활하고 비겁합니다. 야당은 공명심이나 앞세우면서 내분에 빠진 것 같고요. 여당과 야당은 스스로 국회의 격을 떨어뜨렸습니다. 동시에 세월호 참사 진상 규명의 희망도 떨어뜨렸죠.

광화문 광장에서 단식농성을 하면서 정치인들도 많이 만났습니다. 주로 야당 쪽이었습니다. 여당 쪽은 손가락으로 꼽을 정도였고요. 여당은 세월호 유가족 앞에 삼팔선이라도 그었나 봅니다. 거리를 두고 가까이 다가오려고 하지 않더군요. 하긴 청와대 앞에도 경찰들이 삼팔선을 만들었으니까요. 정치인들과 이야기하게 되면 어김없이 목소리를 높이게 됩니다. 막 싸움이라도 하듯이 말입니다. 어쩌면 제가 호통을 치는 것처럼 보이기도 했을 겁니다.

그러니까 사람들이 그러더라고요. 저분들이 누군지 알고나 그러는 거냐고요. 농담 삼아 그랬습니다. 눈에 뵈는 게 없어서 소리, 소리 질렀다고요. 저랑 이야기한 정치인이 얼마나 유명한 사람인지, 얼마나 높은 사람인지 나중에야 알았습니다. 살면서 선거날 투표를 한 적이 거의 없었던 것 같습니다. 지난 대통령 선거 때 투표한 거 말고는 기억이 안 납니다. 먹고사는 것에만 매달렸지 정치에 무관심했으니까요. 그러니까 정치인 중 얼굴을 아는 사람도 거의 없습니다. TV에 뻔질나게 등장하는 정치인들만 대충 기억하는 정도죠.

자식이 억울하게 죽어서, 왜 죽었는지 알고 싶어서 단식농성을 하는 마당에 앞에 고관대작이 앉아 있든 스타 정치인이 앉아 있든 알게 뭡니까. 모르니까 차라리 낫더군요. 할 말을 다 할 수 있었으니까요. 그런데 정치인들과 개인적으로 이야기하면 또 다릅니다. 단둘이 얼굴을 맞대고 이야기하면 소곤소곤 많은 이야기도 나눌 수 있고, 말도 잘 통합니다. 당장이라도 해결될 것만 같은 생각이 들 정도로요. 그렇지만 개인은 개인이고, 집단은 집단이더군요. 개인으로 '아' 하고 얘기해도 집단에선 '어'로 한목소리가 됩니다.

저는 그렇게 못 삽니다. 죽었다 깨어나도 정치는 못 할 겁니다.

지금이 19대 국회죠. 그들은 기회를 놓쳤습니다. 세월호에서 죽어간 영혼들한테, 그들의 유가족들한테, 국민한테 큰 잘못을 저질렀습니다. 그래도 기다려보겠습니다. 똑똑한 사람들이니 잘할 것이라 믿고 기다려보겠습니다. 반드시 진상을 밝히고, 책임자 처벌에 성역을 두지 않고, 더 이상 같은 일이 반복되지 않게 해서 안전한 나라라는 믿음을 줘야 합니다. 그게 19대 국회의 몫이고 책임입니다. 제발 부탁드립니다. 유가족들은 일상으로 돌아가고 싶습니다.

정신과 전문의 정혜신 박사님은 세월호 참사 초기부터 유가족과 함께했습니다. 진도체육관이든 안산합동분향소든 다른 공간에서든 옮겨 다니면서 유가족들의 아픔과 슬픔, 상처를 어루만지면서 큰 도움을 주셨습니다. 그분이 세월호 피로감에 대하여 이런 글을 남진 적이 있습니다.

세월호 피로감이라 합니다. 끔찍한 일을 자꾸 떠올리면 마음이 '불편'해지니 고개를 돌리게 된다고도 합니다. 그럴 수 있지요. 그런데 정신분석학에서는 노이로제를 '건강한 불편함을 회피한 대가'라고 정의합니다. 직면해야 할 불편함을 회피한 결과로 얻는 것이 바로 정신적 질병이라는 거죠.

세월호 정국에서 '아닐 거야, 그럴 리 없어, 괜찮을 거야,

나아질 거야'라는 어설픈 자기최면으로 문제의 본질을 비껴가는 사람의 최종 종착역은 정신적 고통과 일그러짐이고, 직면해야 할 건강한 불편함을 '경기 침체' 운운하며 덮고 넘어가자고 꾀는 사람들은 질병 유발자입니다

이제 우리 더는 망가지지 않아야 하지 않겠어요?

대통령과 여당 정치인들처럼, 닭다리 뜯는 노인과 대학생들처럼 참혹하게 망가지진 않아야 하지 않겠어요. 불편해도 우리는 '건강한 불편함'을 견뎌봐요. 불편해도 끝까지 함께 울고, 슬퍼하고 분노해요. 그래야 어른이고, 그래야 사람일 테니까. 그래야 끝까지 정신적으로 병들고 망가지지 않을 테니까요

쓰레기 더미 위에 서둘러 꽃을 심는다고 꽃밭이 되지 않습니다.

지금 꽃밭을 얘기하는 사람들, 꽃밭 같은 미래 운운하는 사람들을 저는 심하게 노려봅니다. 그들은 질병 유발자들입니다.

— 8월 30일 정혜신 박사의 페이스북 글에서

세월호 피로감이라는 말을 듣는 순간 유가족들은 온몸이 산산조각 나는 느낌입니다.

마치 우리가 죄인인 듯, 가해자인 양 툭툭 내뱉거나 비난할 때는 정말 힘이 쏙 빠집니다. 행동이 아니더라도, 마음만으로 이해해주어도, 응원 한마디만으로도 유가족들은 버틸 수 있습니다. 용기가 생깁니다. 실종자 가족 한 분이 라디오에서 이런 말을 했습니다.

정말로 저도 제가 이걸 겪지 않았다면, 예전의 천안함이나 어떤 사건들 봤을 때, 며칠은 너무 가슴 아프고 같이 울고 이랬는데요. 시간이 흐르면 흐를수록 그냥 잊혀져가는 그런 형태였었잖아요. 저도 그렇게 생활을 했던 사람인데, 제가 이걸 겪어보고 나니까 그때 내가 정말로 잘못했구나, 라는 생각을 너무 많이 하고요. 국민들한테 바라는 게 있다면, 따뜻한 관심을 조금 더 가져주셨으면 하고요. 6개월이 지났으니까 이제 그만 끝내라 이런 말씀보다는, 얼마나 많이 힘들겠냐고 말 한마디라도 따뜻하게……

네, 관심을 가져주셨으면 좋겠고 저희 같은 경우는 많은 학생들과 많은 일반인들이 돌아가셨잖아요. 얼마든지 구할 수 있었음에도 불구하고 속수무책으로 놓쳐버린 거잖아요. 그러다 보니까 지금 유가족들이 왜 우리 자식들이, 왜 우리 부모 형제들이 죽었는지 진실 규명을 하기 위해서 무진장 힘든 싸움을 하고 계세요. 그런 분들한테도 따뜻한 시선으로 바라봐주셨으면 좋겠고 위로해주셨으면 좋겠고요. 지금 실종자 가족들 힘내라고 눈빛 교환이라도 해주셨으면 좋겠어요.

— 10월 16일 CBS 〈김현정의 뉴스쇼〉 중에서

세월호 이제 지겹다는 말도 하더군요. 너무 잔인합니다. 아무리 남의 일이더라도 지겨울 게 따로 있죠. 자식이, 아빠가, 엄마가, 배우자가, 연인이 죽은 지 몇 달이나 됐다고요. 그렇기에 이런 기사는 눈물나게 고맙습니다.

내 자식이, 내 동생이, 내 조카가, 내 선생님이 차가운 물속에서 마지막 순간을 보냈다고 한번만 생각해봐 달라. 그게 공감이다. 그러면 지겨울 수가 없다. 절대로.

— 이명수, 「'이명수의 사람그물' 자식이 어떻게 지겨울 수 있나」
『한겨레신문』 2014. 10. 6.

동조 단식과 폭식 투쟁의 거리

폭식 투쟁.

폭식, 마구 먹어댄다는 뜻이죠. 그러니까 폭식 투쟁은 마구 먹어대면서 투쟁을 한다는 것입니다. 광화문 광장엔 저 말고도 많은 분이 동조 단식을 해왔습니다. 전국 각지에서 하는 일도, 사는 방식도, 나이도 다 다른 분들이 세월호 참사의 진상 규명을 요구하며 제 주위에서 함께했던 것이죠. 그런데 그분들 앞에서 몇몇 단체들이 폭식 투쟁을 벌였습니다.

짜장면과 피자, 치킨 등을 잔뜩 쌓아놓고 정말 게걸스럽게 먹었습니다. 자신들은 퍼포먼스라고 하더군요. 무엇을 보여준다는 건지. 몸이 상하는 걸 감수하면서 단식농성을 하는 분들

앞에서 냄새 풍기고 쩝쩝거리는 꼴이라니요. 참 유치하고 잔혹합니다. 마음에 안 들면 얼마든지 다른 방법으로 생각을 표현하면 될 것을 그리 조롱하고 비아냥거려려야 하는 건지 이해하기도 용납하기도 어렵습니다.

폭식을 한다고 진실이 가려질까요. 그럴수록 진실은 봄날 새싹처럼 더 힘차게 돋아날 겁니다. 폭식 투쟁에 나와서 폭식하셨던 분들, 제대로 드셨나 모르겠습니다. 여기저기 카메라가 들이대고 바라보는 시선도 수두룩했는데 맛이나 있었는지, 체하지나 않았는지 모르겠습니다. 앞으로는 편안한 자리에서 즐겁게 음미하면서 드시길 바랍니다.

어린 시절 짜장면을 엄청 먹었습니다. 가출했을 때죠. 미성년이었기에 취직은 어림도 없었죠. 가장 만만한 게 음식점 배달이었습니다. 3년여 서울과 수도권 중국집을 전전했습니다. 1980년대에 가장 흔했던 게 중국집이었으니까요. 주방에서 일하는 것보다는 배달 일이 훨씬 좋았죠. 주방에서 주방장 밑에서 일한다는 건 거의 노예나 다름없었습니다. 짐도 나르고, 설거지도 하고, 청소도 하고, 하루 종일 일인데 조금만 잘못해도 주먹이 날아오기 일쑤입니다. 몽둥이로도 때리고, 국자로도 때리고, 프라이팬으로도 때립니다. 어떤 중국집에선 감금도 당해봤습니다. 일이 끝나면 주방장이 퇴근하면서 주방 문을 밖에서 잠그는 겁니다. 미성년자를 고용했다는 걸 들키지 않으려고 말입니다. 한 달 정도 시달리다 겨우 도망쳤죠.

배달 일은 편합니다. 어렵지도 않고요. 철가방을 들고 뛰든가 오토바이를 타기만 하면 됐으니까요. 자투리 시간을 이용해 바깥 공기도 마시면서 휴식도 취하고요. 그러다가 다른 중국집 배달원들과 친구가 되기도 했죠. 배달원들끼리 정보를 교환해 대우가 더 좋은 중국집으로 옮기기도 합니다. 저는 오토바이를 잘 탔습니다. 기계 다루는 건 그때나 지금이나 능숙하거든요. 하루에도 수십 번씩 오토바이를 타다 보니 사고도 왕왕 일어났죠. 다행히도 그때마다 별로 다치지 않았습니다. 한 번은 택시와 정면으로 부딪쳐 멀리 날아가 고꾸라졌는데 가벼운 타박상에 그칠 정도였죠.

중국집에선 점심과 저녁식사가 거의 짜장면이었습니다. 워낙 배달이 많았던 시절이라 점심은 허겁지겁 먹어야 했고, 저녁은 밤늦은 시간에 다 지친 상태에서 꾸역꾸역 넘겼죠. 그때 가장 먹고 싶었던 게 볶음밥이었습니다. 기름에 볶은 하얀 쌀밥은 언제 봐도 침이 꼴깍꼴깍 넘어갔죠. 밥이라곤 아침에만 먹었고 그나마 찬밥이었거든요. 어떤 중국집에선 주방장 혼자만 볶음밥을 먹었는데 늘 넉넉하게 만들어 오긴 합니다. 그런데 꼭 자기 마음에 드는 녀석에게만 조금 덜어줄 뿐입니다. 얼마나 부럽고 약이 오르던지. 참 나쁘다고 생각했죠.

폭식 투쟁을 보면서 그 시절, 그 주방장의 볶음밥이 떠올랐습니다. 음식 갖고 사람을 조롱하거나 약 올리는 짓은 해서는 안 됩니다. 인두겁을 썼다면 말입니다. 벌 받을 일이죠. 먹는 건 삶과 생존의 문제입니다. 단식농성 하는 사람들을 이해해달라거나 존중해달라고 말하지도 않겠습니다. 그저 먹는 것 갖고 장난치지 말아달라는 겁니다.

흔히 먹는 것 끝에 마음 상한다고 말들 합니다. 동조 단식하시는 한 분이 개탄하며 중국의 고서인 『전국책』에 나오는 일화를 들려주었습니다.

춘추전국시대에 중산국이라고 있었답니다. 그 왕인 중산군은 어느 날 7명의 대부를 초청해 만찬을 베풀었죠.

그런데 어쩌다가 자마자기라는 대부한테만 양고기 국이 돌아가지 않았습니다. 화가 난 자마자기는 적국인 초나라로 도망가서 초나라 왕한테 중산국을 공격하게 만듭니다. 초나라의 공격을 받자 중산국의 신하들은 왕은 나 몰라라 하고 다들 줄행랑치기 급급했답니다. 두 명의 호위병만 빼고요. 중산군이 물었습니다.

"너희는 왜 도망가지 않았느냐?"

"저희 아버지가 굶어 죽을 뻔했던 적이 있습니다. 그때 왕께서 음식을 한 접시 내려주신 덕택에 살아나셨습니다. 아버지께선 중산군에게 무슨 일이 생기면 목숨을 바쳐 도와야 한다는 유언을 남기셨습니다."

중산군은 탄식을 했다죠.

"선심(善心)은 많고 적은 게 문제가 아니라 상대가 어려울 때 베풀어야 하는 것이고, 원한은 크고 작은 게 문제가 아니라 상대의 마음에 상처를 주는 게 문제였구나. 나는 한 그릇의 양고기 국으로 나라를 잃었고, 한 접시의 음식으로 목숨을 구하고 두 사람의 선비를 얻었구나."

어제는 고등학생들이 광화문에 집결하여 특별법 제정하라고
외쳤습니다.

대한민국의 미래가 보였습니다. 대한민국의 희망이 보였습니다.

우리는 자라나는 젊은 세대를 위해 희생을 해야 하고,

젊은 세대는 이 정권의 오만함에 국민이 피를 토하고 있음을

알아야 합니다.

미래 대한민국의 주인인 젊은이들이여,

깨어나고 있어서 정말로 고맙습니다.

젊은이들이여, 사랑합니다.

— 단식 31일차 페이스북 일기에서

10대가 희망

광화문 광장에서 단식농성 하는 동안 중고등학생들도 많이 찾아왔습니다. 세월호에서 죽어간 아이들 또래들이죠. 누구보다 자기 일처럼 아파하고, 누구보다 자기 일처럼 분노합니다. 누구보다 어른들을 향해, 세상을 향해 강력히 항의합니다.

왜, 우리가 죽어야 하나?

어른들은 이 아이들에게 할 말이 없습니다. 어른들이 할 일은 아이들이 안전한 나라에서 살아갈 수 있도록 헝클어진 나라를 철저하게 뜯어고치는 것입니다. 그리고 미래는 아이들에게 맡겨야 합니다. 또다시 어른들의 탐욕으로 아이들이 희생되어선 안 되니까요. 아이들은 어른들의 추한 모습을 똑똑히

보고 다르게 살아야 합니다.

저는 10대들에게 말합니다. 항상 깨어 있으라고요. 여러분이 깨어나야 세상이 바뀐다고요. 깨어나서 진실을 널리 전파하라고요. 어른들은 깨어나기도 어렵고 깨어나도 이미 늦었다, 어른들의 전철을 밟지 말고, 너희 생각대로 세상을 꾸며라, 이제 세상은 너희 것이라고요. 10대들이 찾아오면 아주 기운이 납니다. 그들은 세월호가 왜 침몰했고, 왜 구조가 안 됐는지 잘 알고 있습니다. 그렇기에 적극적으로 광화문을 찾아옵니다. 그들에게서 희망을 봅니다.

정신과 전문의 정혜신 박사님은 4월 16일 이후에 40세 이상이 되는 대한민국 성인은 싹 다 세월호 참사에 책임이 있다고 말합니다. 맞습니다. 저를 포함해 누구 하나 그 책임에서 빠질 수 없는 것이죠. 숱한 참사로 대한민국을 침몰시킨 어른들에게 미래를 맡길 수는 없습니다. 지금의 10대들이 희망입니다.

다음은 제게 힘과 용기를 준 10대들의 편지입니다.

안녕하세요.

요즘 날이 참 덥지요, 아버님?

저는 서울의 한 고등학교에 다니고 있는 학생입니다.

또한 수능을 87일 앞둔 수험생이기도 합니다.

그럼에도 불구하고 제가 책상에 문제집이 아닌 노란 편지지를 꺼내게 된 이유는…… 제가 쓰는 편지가 아버님께 조금이나마 위로가 되길 바라는 마음에서인 것 같아요.

올봄에는…… 벚꽃이 참 빨리 졌어요. 어이가 없을 만큼요.

아저씨, 저는 때때로, 이 세상을 어떻게 살아가야 하는지에 대해 고민하곤 해요.

잘못된 것을 잘못이라 말하는 게 죄가 되고, 고통스러운 기억을 그저 잊는 것 외에는 할 수 있는 일조차 없어진 이 무기력한 세상을, 우리는 이제 어떻게 살아가야 할까요.

언젠가, 사람은 고통스러운 기억은 최대한 잊으려 노력한다는 말을 들어본 적 있었어요. 그것이 아픈 기억에 저항하는 우리 뇌가 가진 방어 기능이래요.

어쩌면 잊으라, 잊으라 말하는 사람들도 가슴속 기억의 방어 기능과 격렬히 싸우는 중일지도 몰라요.

잊어서는 안 되지만, 기억하기엔 4월은 너무 우리에게…… 잔인한 시절이었으니까요.

잊는다는 건 결국 무뎌진다는 의미겠지요.

그리고 전 절대 우리에게 4월은 무뎌져선 안 된다고 생각해요.

만약 우리가 그 시절에 있어 무감각해진다면 전 언젠

가…… 또 다른 분을 위로하는 편지를 쓰게 되겠죠.

바로 오늘처럼.

어쩌면 제가 이런 위로의 편지를 받을 수도 있고요.

그래도요, 아저씨…….

비록 이 세상이, 색깔로 정치적 이념을 정해버리고, 슬픔마저 잇속을 챙기는 수단으로 전락해버린 이 세상이 지금은 어둡더라도…… 저는 그래도 언젠가 태양이 뜨리라 믿어요.

별을 보며 밤이 어둡다 두려워해도, 결국 아침이 오지 않은 날은 단 하루도 없었으니까요.

언젠간 아저씨의 자리에도 태양이 떠오르겠지요.

―올여름이 덥지 않기를 바라면서…….

김영오 아버지께.

안녕하세요.

전북 ○○에서 고등학교를 다니고 있는 열아홉 살 ○○○이라고 합니다.

열아홉, 고3, 어른들은 대학을 위해 준비해야 하는 가장 중요한 시기라고 말합니다.

하지만 저에겐 대학이 필요가 없습니다.

그저 사랑하는 사람들과 오래오래 마주 보며 살길 원할

뿐입니다.

저의, 그리고 모두의 소박한 꿈마저 위협하는 처참하고 좌절스러운 이 밉디미운 나라에 우리가 살고 있습니다.

밉지만 답답하지만 전 아무것도 하지 않고 있었습니다.

외치지 않았으며 그저 어리둥절 당혹스러워할 뿐이었습니다.

하지만 이젠 아닙니다.

열심히 외치고 분노할 것입니다.

우리 친구들의 목숨이 헛되지 않게 정말 목청이 터져라 외치겠습니다.

제발 같이 살자고. 제발!

제가 살아가는 이유는 단 하나입니다.

소중한 가족, 친구, 선생님, 이웃 그리고 앞으로 만날 소중한 인연들과 사랑하며 살기 위해서입니다.

그러기 위해선 안전한 나라가 필요합니다.

우리의 이야기가 현실이 되는, 함께 사는 나라가 필요하고 필요합니다.

세월호 특별법, 세월호 희생자, 유가족만을 위한 법이 아니라는 것을 잘 알고 있습니다.

모두를 위한 법이라는 것도 잘 압니다.

앞장서주시는 유민이 아버님의 뒤를 따라 꼭 이뤄내겠습니다.

절대, 절대 잊지 않겠습니다.

두 눈 크게 뜨고 지켜보겠습니다.

그리고 건강 꼭 지키셨음 좋겠습니다.

정말 진심으로 감사합니다.

이 작은 편지로나마 힘내셨음 좋겠습니다.

사랑합니다.

―꿈을 평생 이뤄낼 ○○ 올림

유민이 아버님께.

아버님 저는 ○○에 사는 유민이와 동갑인 ○○○입니다.

뉴스를 통해 아버님이 광화문에서 단식을 하신다는 소식을 듣고 남해에서 서울까지 왔습니다.

비록 저는 아버님께 힘내시라는 말씀밖에 드리지 못합니다.

아버님! 아버님은 절대 혼자가 아닙니다.

수많은 시민들이 함께합니다.

저는 아마 지금 아버님께서 실망이 클 정치인이 저의 꿈입니다.

제가 생각하는 정치인은 국민들만 보고 사는 사람입니다.

하지만 지금의 정치인들이 그러지 못해 안타깝고, 정치인들이 밉기도 합니다.

아버님, 단식이 얼마나 힘드십니까.

한 끼 굶는 것도 힘든데…….

아버님 늘 기도드리겠습니다.

부디 꼭 건강하세요. 힘내시고요.

세월호 특별법이 유가족이 원하는 특별법으로 제정될 때까지 저도 제가 힘닿는 곳까지 노력하겠습니다.

아버님 사랑합니다. 감사합니다. 미안합니다.

꼭 건강하시길 바랍니다.

— 유민이 동갑 ○○○ 올림

17일 만에 광화문에 갔습니다.

8월 22일 병원에 간 게 얼마 전 같은데 벌써 시간이 그만큼

지났더라고요.

광화문에 갔다가 병원에 돌아와서 씻지도 못하고 지쳐 쓰러져

잠들었습니다.

어제 광화문에 가면서 긴장하고 많이 걱정했습니다.

명절이니까 다들 고향 가셔야 하는데,

광화문에 사람이 얼마 없어서 썰렁하면 어쩌나……

걱정했습니다.

그래서 더 가봐야겠다 생각해서 간 거였습니다.

그러나 차에서 내려 횡단보도 앞에 섰는데 길 건너 광장에

많은 분들이 보였습니다.

기뻐서 얼굴이 환해졌어요.

길을 건너가 보니 정말 많은 분들이 계셨고

저를 반갑게 맞아주셨습니다.

너무 고마웠습니다. 그래서 한 분 한 분 계신 곳마다

인사드렸습니다.

감사합니다. 감사합니다.

걱정이 기쁨으로, 불안이 희망으로 바뀌었습니다.

여전히 많은 국민들이 기억하고 계시구나,

명절인데도 나와주셨구나, 확인했습니다.

풍성한 한가위 상이 차려졌습니다.

차림 상을 보니 먼저 간 유민이 생각이 나 마음이 아팠습니다.

싹이 피는 봄에 유민이를 잃었는데

낙엽 지는 가을이 될 때까지 아직 진상 규명 특별법 시작도

못 하고 있다는 것이 기가 막히더군요.

그러나 국민들 때문에 위로를 받았습니다.

정말 많은 분들이 모여주셨고,

그분들이 모두 먹을 수 있는 많은 음식이 준비되어 있었습니다.

도시락을 나누어주던데, 알고 보니 도시락을 주문한 게 아니라

국민들께서 손수 전, 잡채 등 명절 음식을 해서

일일이 만든 것이더군요.

정말 뭐라고 감사의 말씀을 드려야 할지 모르겠습니다.

몸 상태 때문에 아직 먹을 수 없었지만 보는 것만으로

배부르고 힘이 났습니다.

병원에 있는 동안 많은 우여곡절이 있었습니다.

유민이 억울한 죽음을 밝히기 위해 목숨 걸고 단식했는데

아빠 자격이 있냐는 공격을 받을 줄 상상도 못 했습니다.

철저한 진상 규명, 재발 방지 해달라는 당연한 요구 안 들어줘서

시민도 못 되는 영세민 노동자 아빠를 유명하게 만들어놓고,

위협이 되자 음해하고 흠집 내었습니다.

그러나 아무리 저를 비롯한 우리 유가족들 공격해도

쓰러지지 않습니다.

자식 잃은 부모가 포기할 것 같나요?

어제 박근혜 대통령이 페이스북에

"모든 사람이 같은 꿈을 꾸면 꿈이 현실로 이루어진다,

국민 여러분들의 행복을 위해 꿈이 이루어졌으면 합니다"라고

글을 올렸다는 기사를 봤습니다. 맞는 말씀입니다.

행복한 나라 되려면 먼저 안전한 나라 되어야죠.

제가 작년에 평생 처음으로 정규직 되었을 때,

가난해서 대학 안 가려고 했던

유민이 대학 학자금 지원 받게 돼서,

대학 보낼 수 있게 되어서 너무 기쁘고 행복했습니다.

그런데 사고로 유민이 잃고 그 행복 다 무너졌습니다.

안전이 없으면 경제도, 행복도 없습니다.

그런데 정부는 경제가 어렵다고

세월호 문제를 그만하자 하지요.

기만도 그런 기만이 없습니다. 절대 그렇게 못 합니다.

왜 그랬는지 철저하게 밝혀

다시는 그런 비극 안 일어나는 안전한 나라 만들어야겠습니다.

그게 억울하게 죽은 유민이에게 제가 할 수 있는 유일한 일이고

포기할 수 없는 꿈입니다.

그리고 모든 국민이 다 그 꿈을 꾸면 현실로 이루어질 겁니다.

광화문에 명절인데도 그렇게 많이 모인 국민들을 보니

그 꿈이 이루어질 수 있다는 희망을 느꼈습니다.

죽이 없어 끼니를 걸렀지만 너무 행복하고 좋았습니다.

단식하는 동안 저를 보러 온 분들이 제 앞에서 많이 우셨는데

이제 울지 마세요.

"웃으면서 싸워요."

그럼 힘이 날 것입니다.

저와 우리 유가족들을 공격하는 여러 단체들을 포함하여

모든 국민들이 안전하게 살 수 있는 나라 꼭 만들 수 있을

것입니다.

그들이 우릴 공격하러 오면 시원한 물 한 잔씩 가져다주고

웃음으로 맞이하고 웃음으로 보내줍시다.

안전한 나라가 될 때까지 끝까지 함께해주세요.

우리 국민 모두의 꿈입니다.

어제 정말 감사하고 감사했습니다.

—9월 9일 복식 13일차 페이스북 일기에서

/

세상 속으로

단식농성을 시작하면서 페이스북도 시작했습니다. 처음 해보는 것입니다. 사회복지사 한 분이 권유를 하더군요. 안산시 각 동별 사회복지사분들이 단식농성 내내 와서 저를 챙겨주셨습니다. 원래 일도 많은 분들인데 저를 위해 먼 곳까지 와서 고생하셨죠. 참 고마운 분들입니다. 덕분에 세상과 소통하는 통로 하나를 알게 됐습니다. 그것이 단식농성에 큰 힘이 된 건 물론이고요. 악플도 엄청났지만 그 이상으로 지지하고 위로해주시는 분이 많았습니다. 저는 제 마음을 허심탄회하게 올릴 수 있었고요.

세월호 침몰 이전에 저는 세상에 무관심했습니다. 제 먹고 살기에만 급급해 세상이 어떻게 돌아가는지 남 일처럼 대했습니다.

'뭐, 잘 굴러가겠지.'

그게 다였습니다. 그런 안이한 생각이 세월호를 침몰시킨 겁니다. 세상이 제멋대로 굴러가는 동안 저는 아무것도 안 했습니다. 그래서 저는 죄인이고 못난 아비입니다.

세월호 침몰 이후에 저는 다른 사람이 됐습니다. 난생처음 집회에도 참석하고 시위도 해봤습니다. 40일 넘게 단식농성도 하게 되면서 하루아침에 유명해졌습니다. 덕분에 별별 악의적인 험담과 비난을 다 들어야 했고, 악플의 홍수도 견뎌야 했습니다. 지금 저한테 일방적으로 욕하고 비방하는 분들, 나중에 진상도 규명되고, 성역 없이 책임자도 처벌되고, 안전한 나라로 거듭나면 그분들도 고마워할 것이라 믿습니다. 겉으로 내색은 안 해도 속으로는 고맙다 말할 겁니다.

그때 세월호 참사의 원인이 철저히 밝혀지는 바람에 안전한 나라에서 살게 됐다고 말입니다. 그때 너무 욕만 해서 미안하다, 반대만 해서 미안하다는 마음, 조금이라도 가질 것이라 생각합니다.

그렇다면 지금 어떤 욕을 들어도 좋습니다. 별별 비방과 험담을 들어도 다 잊을 수 있습니다. 그분들도 이 땅에서 함께 살아가야 하니까요. 그분들도 언젠가는 사실을 사실대로, 진실을 진실대로 받아들이겠죠. 지금이야 허위와 왜곡에 파묻혀 있어도 말입니다.

그렇지만 세상엔 선한 사람, 선한 의지가 더 많았습니다. 전국 각지에서 찾아와 저를 위로하고 지지해주셨습니다. 함께 농성하고 함께 싸워주셨습니다. 세계 곳곳에서도 지지와 응원의 목소리나 글을 보내왔습니다.

세상엔 저 혼자가 아니라는 것을 깨달았습니다. 혼자 싸우는 게 아니라 여럿이 함께, 연대하면서 싸워야 비로소 힘이 되고, 압박이 된다는 것을 알았습니다. 이제 저는 세월호의 진상이 완전히 규명될 때까지, 책임자들이 성역 없이 처벌받을 때까지, 재발 방지의 확신이 들 때까지, 안전한 나라가 되는 날까지, 연대하는 한 사람으로서 싸우고 살아갈 겁니다.

밥벌이도 하면서 제 앞가림부터 해야 하지만, 미루지는 않을 겁니다. 닥친 현실을 피하지 않고 맞설 겁니다.

아직 단식 후유증이 남아서 몸 상태가 예전 같지는 않습니다. 이제는 잘 먹고, 제 몸을 아끼면서 열심히 살아가고 싸울 겁니다. 그게 죄인으로서 못난 아비로서 유민이한테 사죄하는 길입니다. 그게 유나의 미래를 위한 길입니다. 그게 세상의 언저리에서, 세상 속으로 뛰어든 저의 길입니다.

지금은 저희가 싸울 동력이 없습니다.

그러나 동력이 있어야만 싸울 수 있는 것은 아닙니다.

투지로 싸우면 됩니다.

진상조사위원회가 발족되더라도 철저한 진상을 규명하고 책임자를 처벌하려면 오랜 시간을 힘겹게 싸워야 합니다.

진상조사위원회에 수사권과 기소권이 부여되지 않고 특검을 통해서 수사를 해야 하기 때문입니다.

시간이 흐를수록 유가족들은 지쳐갈 것입니다.

국민 여러분께서 저희에게 힘을 주시는 길은 철저한 진상이 규명될 때까지 잊지 않고 응원해주시는 것입니다.

이제는 저희와 같이 행동해달라고 하지 않겠습니다.

다만, 이제 "지겹다" "그만하라"는 말만 하지 말아주십시오.

지겹다는 말만 하지 마시고 저희 유가족들에게 "힘내세요"라는 응원만 해주시면 모든 국민이 안전한 나라에서 살 수 있도록 저희 유가족이 끝까지 싸우겠습니다.

일부 언론 때문에 국민들이 특별법에 대해서 제대로 알지 못하고 있습니다.

특혜와 보상, 배상만을 원하는 유가족으로 몰아가고 진실을 외면하고 유가족을 비하하고 있습니다.

특별법이 무엇인지, 특별법이 왜 필요한지, 여러분 한 분 한 분이 진실을 알려주십시오.

진실을 외면하는 언론은 이제 더 이상 믿을 수가 없습니다.

여러분이 언론이 되어주십시오.

여러분이 언론이 되어 전 국민이 안전한 나라 만드는 데 함께 촛불을 밝힐 수 있도록 합시다.

무관심이 아이들을 죽였습니다.

4·16참사 전 나의 무관심과 우리 어른들의 무관심이 304명의 고귀한 생명을 생매장시켰습니다.

우리 어른들의 무관심이 참사를 막지 못했다면 이제는 재발 방지에 힘을 써주셔야 합니다.

히지만, 4월 16일 참사 이후 많은 시간이 흘러갔는데도 변한 것은 아무것도 없습니다.

정부 여당, 야당, 언론사들이 방관자들이기 때문입니다.

국민들마저 방관자가 된다면 더 이상 안전은 없습니다.

국민 여러분!

이제는 방관자가 되지 맙시다.

진상 규명을 막는 정부 여당과 정부에 끌려가는 무능한 야당을 변화시켜 책임자를 처벌하고 관피아를 척결하여 안전한 나라 만들어달라고 유민이와 유민이 친구들이 엄마, 아빠들에게 너무도 큰 숙제를 내주었습니다.

숙제를 해결하지 못하면 아빠 자격이 없습니다.

저와 우리 유가족이 아이들이 내준 숙제를 해결할 수 있도록 국민 여러분이 도와주십시오.

국회 예산 문제로 10월 말이면 유가족이 원하든 원하지 않든 특별법 제정이 마무리될 것입니다.

진상조사위원회의 위원장은 호선제로 선출해야 합니다.

그러나 정부 여당은 위원장을 대통령이 임명하자고 안을 내놓았습니다.

철저하게 진상을 규명하고 책임자를 처벌하려면 진상조사위원회 자체 호선제로 하든지 아니면 유가족이 위원장을 임명해야 합니다.

더 이상 정부 여당의 횡포를 묵과 할 수 없습니다. 유가족이 제시한 특별법 제정이 안 될 경우 앞으로 광화문 광장에서 무기한 농성으로 이어가겠습니다.

국민 여러분!

성역 없는 진상 규명을 위해 저희 유가족과 끝까지 함께 해주십시오.

—10월 25일 광화문 광장 집중 집회에서

'4·16특별법' 오해와 진실

세월호 유가족들은 진작 다음과 같은 특별법을 요구했습니다.

'세월호' 특별법이 아니라 '특별법'이라 불러야 합니다.

다만 구분을 위해서 세월호가 침몰한 날인 4·16을 붙인 것이고요. 세월호 특별법이라고 하니까 사람들이 오해를 합니다. 세월호 유가족을 위한 특별법이냐, 하면서요. 그렇지 않은데도 말입니다. 마치 세월호 유가족이 특별법을 통해서 대단한 이득이라도 취하는 양 악의적인 비방도 돌고 있을 정도죠. 그렇기에 세월호 유가족들은 세월호 특별법이 아니라 4·16특별법으로 불러주길 마랍니다.

4·16특별법의 목적은 오로지 하나 안전한 나라입니다.

더 이상 우리가, 우리 아이들이 허망하게, 억울하게 죽어가는 일이 없는 안전한 나라를 만들기 위해서입니다. 20년 전 성수대교가 붕괴된 이후 숱한 대형 참사가 반복됐습니다. 세월호가 침몰한 올해만 해도 경주에서 리조트 체육관이 무너져 꽃다운 젊은이들이 죽었고, 장성에서 요양병원 화재로 노인분들이 희생됐습니다. 세월호 이후에도 판교에서 환풍구 추락 사고가 일어났습니다. 대형 참사에 남녀노소도 없고 빈부도 계층도 없습니다.

사회시스템이 제대로 굴러가지 않아서 대형 참사가 반복되고 애꿎은 시민들이 죽어나갑니다. 4·16특별법은 사회시스템이 제대로 굴러가도록 바로잡기 위한 법입니다. 대형 참사가 반복되는 것을 막기 위한 법입니다. 이를 위해 세월호 참사의 진상을 확실히 규명하자는 법입니다. 그래서 성역 없이 책임자를 처벌해 재발을 막자는 겁니다.

4·16특별법의 목적과 의미가 엄연히 그러한데도 고의적으로 사실을 왜곡하거나 호도하는 사람들도 있습니다. 여전히 세월호만을 위한 특별법으로 오해하시는 분들도 있고요. 먼저 오해부터 풀고 싶습니다. '세월호' 특별법이 아닌 안전한 나라를 위한 4·16특별법이란 사실을 이해해야 세월호 참사의 진

실이 보일 테니까요.

'세월호 참사 국민대책위'에서 잘 정리해놓은 게 있습니다.

세월호 특별법, 오해와 진실 : 10가지 오해에 대해 답하다

Q1. 세월호 가족들이 '피해자 전원 의사자 지정'을 요구한 것이 사실인가요?

세월호 참사 가족대책위원회, 대한변호사협회, 세월호 참사 국민대책회의가 함께 만들어 350만 명의 서명으로 국회에 입법 청원한 '4·16 참사 진실규명 및 안전사회 건설 등을 위한 특별법안'에는 의사상자 지정 관련 내용이 전혀 포함되어 있지 않습니다. 가족들은 보상/배상 문제보다 진실을 밝히는 것이 우선이라고 생각하며, 진상 규명과 안전 사회 건설에 초점을 둔 특별법을 요구하고 있습니다.

Q2. 단원고 피해 학생들이 '대학 특례입학'을 요구한 것이 사실인가요?

가족과 국민이 청원한 특별법안에는 대학 특례입학 관련한 내용이 전혀 포함되어 있지 않으며, 유가족들은 국회의원에게 '대학 특례입학' 내용을 법안에 넣어줄 것을 요구한 적이 없습니다.

특례입학과 관련한 법안으로는 새정치민주연합의 유○○ 의원과 새누리당 김○○ 의원이 '세월호 침몰사고 피해학생 대입지원 특별법안'을 발의하여 국회상임위에서 의결한 바 있습니다. 피해를 입은 학생의 대입 지원을 위해 '정원 외 입학' 근거를 마련한다는 게 법안의 핵심 내용입니다. 유○○ 의원은 브리핑에서 "국회가 국가적 참사 피해자들을 치유하는 차원에서 먼저 기본 조치를 취한 것"이라며 "내년 2월까지 한시 적용되는 법률이라, 세월호 특별법이 처리되면 단원고 특별법은 폐기돼도 된다. 특혜가 아니라 아무런 잘못도 없이 상처받은 학생들에 대한 최소한의 책임을 다하자는 것이다. 2010년 연평도 포격 직후 제정된 '서해5도 지원 특별법'에 따라 5개 도서 지역 학생들을 정원 외로 대학에 입학할 수 있도록 한 전례도 있다"고 밝힌 바 있습니다.

Q3. 그렇다면 새정치민주연합이 발의한 특별법안의 '4·16 국민안전의인' 예우 조항과 대입지원 특별법안에 대한 가족들의 입장은 무엇인가요?

세월호 특별법 제정을 통해 '철저한 진상 규명'이 보장되지 않는다면, 이러한 것들은 아무런 의미가 없다는 것이 가족들의 입장입니다. 가족대책위 유경근 대변인은 한 인터뷰에서 "저희가 제출한 법안에는 배상과 보상에 관련한 아주 기본

적인 원칙만 담겨 있다. 이러한 것들은 진상 규명이 된 이후에 전 국민이 공감할 수 있는 수준과 내용에 따라서 진행이 될 문제이지, 저희가 먼저 주장하거나 일부에서 먼저 주장해서 될 수 있는 일은 아니다"는 입장을 밝힌 바 있습니다. 더불어 "특례입학 같은 경우에도 발의하신 유○○ 의원을 뵙고 분명히 말씀드렸다. 해당되는 학생이나 가정에게는 필요한 일일 수도 있지만, 이것이 진상 규명을 하는 데 방해가 되거나 장애가 된다면 이걸 먼저 처리할 수는 없는 것이다, 라고 분명히 의사를 전달했다. 중지를 할 수 있으면 중지를 해달라고도 요청했다" 라고 밝혔습니다.

Q4. 세월호 희생자/생존자/실종자 가족들의 실제 요구 사항은 무엇인가요?

첫째, 특별법을 바탕으로 세월호 참사의 성역 없는 진상 규명을 위한 '4·16참사 특별위원회'를 설치하는 것입니다. 국회가 추천한 8인, 피해자 단체가 추천한 8인으로 특별위원회를 구성하여 세월호 참사의 진상을 독립적으로 규명할 것을 요구합니다. 둘째, '4·16참사 특별위원회'에 수사권과 기소권을 부여하고 충분한 활동 기간을 보장하여 성역 없는 진상 조사와 철저한 책임자 처벌이 이루어지도록 할 것을 요구합니다. 마지막으로 다시는 참사 없는 안전한 사회를 만들기 위해 특별위원회가 재발 방지 대책을 정부기관에 권고하고, 기관이 이러한 제도를 지속적으로 시행할 것을 요구합니다.

Q5. 왜 가족대책위와 대한변협, 국민대책회의는 함께 별도의 특별법안을 제출했나요?

법률 공급자인 국회나 정부가 아니라, 법률 수요자인 피해자 단체와 국민이 중심이 되어 철저한 진상 규명과 재발 방지 대책 마련 등의 내용을 충분히 반영하기 위함입니다. 1994년 서해 훼리호 사고 당시 수사 검사였던 김희수 변호사가 초안을 작성하고, 법률 전문가인 대한변호사협회와 전국 800여 개 사회단체가 모여 구성한 세월호 참사 국민대책회의, 그리고 세월호 참사 가족대책위원회가 함께 법안을 만들었습니다.

Q6. 가족들이 '보상' 때문에 특별법 제정을 서두르는 것 아닌가요?

가족과 국민이 청원한 특별법안에는 보상/배상과 관련하여 구체적으로 명시된 내용이 없습니다. 심지어 법안 제정 과정에서 가족대책위는 진상 규명에 집중하기 위하여 보상/배상 부분을 삭제하자는 의견을 제시하기도 했지만, 최소한의 보상/배상 내용은 포함되어야 한다는 법률적 관점에 따라 보상/배상에 관한 지극히 당연한 원칙을 확인하는 내용만이 규정되었습니다. 유가족이 보상/배상 때문에 특별법 제정을 서두른다는 것은 아무런 근거가 없는 오해입니다.

Q7. 세월호는 침몰 '사고'인데 왜 국가가 보상/배상을 해야 하나요?

세월호 참사에서 드러난 국가의 과실은 첫째, 부실한 세월호 운항관리규정에 대해 승인을 해주는 등의 세월호 참사 발생 전부터 누적된 과실, 둘째, 컨트롤타워의 부재 등의 미숙한 대처로 인명 피해를 키우는 등의 세월호 참사 발생 후의 과실이 있습니다. 이는 헌법 제34조 제6항에서 규정하고 있는 국가의 국민 보호 의무를 다하지 못한 것이므로, 국가가 세월호 희생자 및 그 유가족들의 손해에 대해 배상하고 적절한 지원 정책으로 보상하는 것은 법에 따른 당연한 조치입니다.

Q8. 국정조사도 하고, 검찰 수사와 재판도 진행되고 있는데 왜 특별법이 필요한가요?

세월호 특별법의 핵심 내용은 '철저한 진상 규명'에서부터 '재발 방지 대책의 수립'에 이르기까지 원스톱(One-Stop)으로 처리할 수 있는 특별위원회를 구성하는 것입니다. 국정조사는 김기춘 비서실장 증인 채택을 놓고도 한 달간 힘겨루기가 있었고 유가족들이 농성에 들어가고 나서야 합의가 이뤄졌습니다. 기관 보고 일정 때문에 한 달여를 허송세월했으며, 청와대와 총리실은 국정조사특위가 요구한 자료를 한 건도 제출하지 않았습니다. 수사권이 없는 국정조사로는 일부 진상을 밝힐 수 있겠지만 제대로 된 진상 규명에 한계가 있습니다.

특히 참사의 책임자에 대한 법적 행정적 처벌을 할 수 없으며 근본적인 재발 방지 대책도 3개월 시한부 국정조사로는 만들기 어렵습니다. 또한 국가기관과 대립각을 세우는 사안에 있어서 신뢰도가 낮은 검찰 수사 역시 성역 없는 진상 규명에는 부족한 점이 많습니다. 조사권, 수사권, 그리고 기소권까지 갖춘 특별위원회가 설립된다면 세월호 참사의 진상 규명과 안전 사회를 위한 대책 마련이 더욱 효율적이고 강력하게 진행될 것입니다.

Q9. 특위에 수사권과 기소권이 있으면 무엇이 달라지나요?

특별법을 통해 조사기관이 설립되었던 예로는 '의문사진상규명위원회'와 '진실화해를 위한 과거사정리위원회'가 있습니다. 위 위원회들은 강제력 없는 조사 권한에 따른 관계 기관의 비협조로 인해 만족할 만큼의 성과를 내지 못하였습니다. '4·16참사 특별위원회'에 수사권과 기소권이 부여되면 경찰청, 해양수산부, 안전행정부, 해군 등의 국가기관들을 피조사기관으로 한 성역 없는 진상 조사가 가능하게 될 것입니다.

특별위원회에 수사권과 기소권이 부여되지 않는다면 관련 기관들이 제대로 된 자료를 제출할지 담보할 수 없고, 관련 기관들이 조사를 거부하거나 자료 제출을 거부한다고 해도 이를 강제할 수단 역시 없습니다. 과거 전례처럼 특별위원회의 조사가 형식적인 절차에 그칠 가능성이 높아지는 것입니다. 따라서 수사권과 기소권은 성역 없는 진상 규명에 반드시 필요한 권한입니다.

Q10. 특위에 수사권과 기소권을 부여하는 것이 사법체계를 흔드는 것으로 위헌이라는 주장은 사실인가요?

특별위원회는 법률에 의해 설치되는 국가기구이지 민간단체가 아니며, 특별사법경찰관리의 수사권을 조사관에게 부여하는 것은 이미 50개 이상의 국가기관이 행하고 있는 것입니다. 또한 검사의 자격과 능력을 지닌 자에게 특별법에 의해 검사의 지위와 권한을 부여하는 것은 특별검사제도와 다를 바가 없는 것입니다. 따라서 특별위원회에 수사권과 기소권을 부여하는 것은 사법체계를 흔드는 것과 전혀 상관이 없으며 헌법이나 법률에 위반되지 않습니다.

문제는 진심이었습니다. 정부든 여당이든 야당이든 세월호 유가족들의 말을 진심으로 귀 기울여 들어주길 바랐습니다.

정부와 여야가 귀 기울여 들은 말을 바탕으로 진심으로 고민하고 토론해서 협상안을 만들어, 다시 유가족들과 진심으로 토론해주길 바랐습니다. 그러고 나서 진심으로 협상안을 만들어주길 바랐습니다. 그렇게만 했다면 유가족들이 분노하지 않았을 겁니다. 시위도 단식농성도 안 했을 겁니다.

진심이면 통하는데 정부와 여야는 그렇게 하지 않았습니다. 진심은 없고 속셈과 꼼수만 있었습니다. 정부든 여당이든 야당이든 세월호 참사의 진상을 규명하는 데 매우 소극적으로 보였습니다. 진상 규명을 하고 싶기는 한가, 의구심만 들게 했습니다. 세월호 유가족과 진심으로 대화하려고 하지도 않았습니다. 그래서 분노했던 것이고, 시위도 하고 단식농성도 한 것입니다.

어떻든 우여곡절 끝에 협상은 타결됐고, 진상 규명을 하게 될 것입니다. 이제 시작입니다. 철저한 진상 규명이 이루어지고, 책임자가 처벌되고, 재발 방지책이 나와 안전한 나라가 될 것이란 확신이 들 때까지 포기하지 않겠습니다.

잊지 맙시다.
우리의 기억 속에서 다시 피어날 수 있도록.

글꾸밈 **박태옥**

서울에서 나고 자랐다. 글쓰기를 좋아해서 글쟁이의 길을 택했다. 기자로 시작했으나 어느 새 종목을 바꿔 단편영화 〈재떨이〉의 시나리오를 썼다. 이후 영화가 된 소설 『포레스트 검프』와 『영화가 시대를 말한다』를 번역했고, 다수의 책을 집필했다. 주요 도서로는 단편소설 「잠자리를 찾아서」, 전기에세이 『철학자 하일성의 야구 몰라요, 인생 몰라요』 『야신 김성근의 꼴찌에서 일등으로』, 전기 만화 『태일이』, 장편소설 『마담 블루』 등이 있다.

못난 아빠

ⓒ 김영오, 2014

초판 1쇄 인쇄일   2014년 11월 17일
초판 1쇄 발행일   2014년 11월 30일

지은이   김영오
펴낸이   강인숙
글꾸밈   박태옥
자료 정리   이다영
사진 ⓒ   김광수

펴낸곳   부엔리브로
출판등록   제 313-2006-000119호
주소   121-840 서울시 마포구 서교동 394-25 동양한강트레벨 1416
전화   (02)324-2437
팩스   (02)335-1358
이메일   buenlibro@naver.com

ISBN 978-89-94435-15-2 (03810)

이 도서의 국립중앙도서관 출판시도서목록(CIP)은 서지정보유통지원시스템 홈페이지 (http://seoji.nl.go.kr)와 국가자료공동목록시스템(http://www.nl.go.kr/kolisnet)에서 이용하실 수 있습니다.(CIP제어번호: CIP2014033136)